復仇の剣

鳥見役影御用

黒崎裕一郎

Kurosaki Yuichiro

文芸社文庫

目次

第一章　島抜け

1

満天の星である。

凪いだ海に青白い星明かりがきらきらと耀映している。

芝田町四丁目にほど近い浜辺を、二人の武士がほろ酔い機嫌で歩いていた。肥後熊本・細川家の下屋敷詰めの下士である。芝浦の雑魚場の居酒屋で飲んでの帰りだった。

初夏の気配をふくんだ浜風が、二人の武士の頬を心地よくねぶってゆく。

潮騒の音があたりの静寂をいっそう際立たせている。

待ちわびて
　寝るともなしに　まどろみし
枕に通う鐘ごとも

夢かうつつか　うつつか夢か

一人が上機嫌に鼻唄を歌いはじめたとき、

（おや？）

という顔で、もう一人の武士が足をとめて前方の闇に眼をこらした。

海面に林立する海苔粗朶の中で、何やら黒い物がうごめいている。海苔粗朶とは、海苔を着生させるために海中に立てる木の枝をいう。

「何だ、あれは？」

「舟だ」

相役が低くいった。

見ると、海苔粗朶の林の中に舳先を突っ込むような形で船がとまっている。この界隈の漁師が使う小型の漁船ではなかった。押送船のような中型の船である。

「まさか、こんな時分に海苔の収穫でもあるまい」

「行ってみよう」

小声で話し合いながら、二人は歩を踏み出した。

と、突然……、

舟の中から黒影が立ち現れ、ざぶんと水音を立てて海に飛び込んだ。一人や二人ではない。五つの影が次々に海に飛び込み、浜に向かって泳いでくる。

「何奴！」

一人が叫びながら走り出した。相役も刀の柄頭に手をかけて走った。

浜辺に泳ぎついた五つの影が、二人の姿に気づいて一目散に逃げ出した。

「待て！」

二人の武士も必死に追う。半丁ほど追ったところで、影の一つが砂浜に足をとられてつんのめるように倒れ伏した。その機を逃さず二人の武士が抜刀して追いすがる。

「畜生ッ！」

長身の影が長脇差を抜きはなって二人の武士の前に立ちふさがった。手拭いで頬かぶりをしているので顔は定かに見えない。ほかの四人も匕首や短刀を引きぬいて身構えた。いずれも芭蕉布の粗衣をまとった凶悍な男たちである。

「うぬら、何者だ！」

刀を中段に構えながら、武士の一人が怒声を発した。

「面倒だ、殺っちまえ！」

長身の男が吼えた。それに呼応して四人の男たちが猛然と二人の武士に襲いかかった。斬り込んできた男の匕首を一人が剣尖ではね上げ、返す刀で袈裟がけに斬りおろした。

「うわッ」

と悲鳴を上げてのけぞる。男の手首が宙に飛んだ。もう一人の武士と刀刃を合わせていた長身の男が、それを見てくるっと体を反転させ、拝み打ちの一刀をその武士に浴びせた。

間一髪、峰で受けたが、叩きつけるような一刀は武士の刀を両断し、そのまま顔面を真っ二つに叩き割った。恐るべき膂力である。声もなくその武士は砂浜に崩れ落ちた。

「お、おのれ！」

もう一人の武士が斬りかかった。長身の男は横に跳んで切っ先をかわし、武士が前にのめったところを、下からすくい上げるように逆袈裟に斬り上げた。

武士の右腕が付け根から截断され、血飛沫をまき散らしながら砂浜にころがった。長身の男はすかさず長脇差の柄を逆手に持ち替え、その武士の背中に突き立てた。

「げッ」

奇声を発して武士は頭から砂浜に倒れ込んだ。長身の男は長脇差を鞘に納めると、

「勘助、大丈夫か」

手首を斬り落とされて砂浜にうずくまっている男のもとに駆け寄った。

「へい」

と、うなずいたものの、男の顔からは血の気が失せている。体がふるえて自力で立

つこともできなかった。截断された手首からすごい勢いで血が噴き出している。

長身の男は頬かぶりの手拭いをほどいて、男の手首に巻きつけると、

「手を貸してくれ」

かたわらに突っ立っている三人の男たちに命じて、男を抱え上げた。

「行くぞ」

長身の男が翻身する。

三人の男たちは傷を負った男の両脇を抱えて小走りにあとを追う。その姿がたちまち闇の彼方に消えていった。

あたりは何事もなかったようにもとの静寂にもどっている。聞こえるのは、絶え間ない潮騒の音だけである。

青白い星明かりに照らし出された二人の武士の無惨な斬殺死体が、たったいま、この浜辺で起きた凄惨な事件のすべてを物語っていた。

打ち寄せる波が死体から流れ出るおびただしい血をひたひたと洗い流している。


数日後――。

江戸の西郊・目黒駒場野の草原をのんびり歩いている二人の男の姿があった。

一人は塗笠をかぶり、無羽織、野袴姿の武士。もう一人はその武士の供らしき小

柄な男で、菅笠をかぶり、紺の半纏に浅黄の股引きをはいている。

武士の名は、乾兵庫。公儀御鳥見役である。供の男は「餌撒」の以蔵。将軍家の鷹場の見回りに歩いているところであった。

見渡すかぎり緑一色に彩られた大草原である。ところどころに灌木の茂みや雑木林、藁葺きの百姓家が点在している。近くに玉川から分水した目黒川が流れているが、高台の間を流れる渓流なので灌漑用水としては役に立たず、この一帯に水田はまったくなかった。

ほとんどが山林と草原と畑地である。

「暑いな」

兵庫が塗笠のふちを指で押し上げて、空を仰ぎ見た。

一片の雲もなく晴れ渡った空から、初夏の強い陽差しがじりじりと照りつけている。

「あの林の中で一服つけやしょうか」

「うむ」

二人は一本道の彼方に見える雑木林を目ざして歩度を早めた。

公儀御鳥見役とは、将軍家の鷹場のある葛西・岩槻・戸田・中野・目黒・品川の六カ所を巡回し、将軍の鷹狩りに先立って獲物がいるかどうかを見回ったり、鷹の餌となる小鳥を捕獲するのが本務だが、一方では江戸近郊の地形を調査し、あるいは諸藩の下屋敷の内情などを偵察する、いわば隠密のような役割も果たしていた。

身分は若年寄配下、役高八十俵、御譜代納戸前廊下席、御目見以下の御家人である。

目黒一帯は、家康の時代から好適な鷹場として盛んに鷹狩りが行われ、代々の将軍も好んでこの鷹場に遊猟にくるようになった。駒場・中目黒・下目黒・碑文谷の各旧家には鷹狩りに関する文書が数多く残っている。

中目黒の一軒茶屋（通称爺ガ茶屋）には、寛永年間に三代将軍・家光が訪れてから嘉永年間までに三十数回も将軍のお成りがあった、と記録にある。落語の「目黒のさんま」で知られる茶屋である。

雑木林の中に足を踏み入れると、あちこちの茂みから山鳥が羽音を立てて飛び立っていった。木々の梢のあいだを飛び回る小鳥たちを眼で追いながら、

「獲物の数は十分だな」

兵庫がいった。

「先月より増えてやすね」

いいながら、以蔵は欅の老樹の根方に腰をおろし、

「飲みますかい？」

腰にぶら下げた竹筒をはずして差し出した。それを受け取ると、兵庫も欅の根方に腰をおろして、竹筒の水をうまそうに飲んだ。額にうっすら汗がにじんでいる。飲み

終えた竹筒を以蔵に返し、手の甲で額の汗をぬぐいながら、

「今年の夏は暑くなりそうだな」

「いまからこの暑さじゃ先が思いやられますよ」

「今日はこのへんで切り上げるとするか」

「碑文谷のほうは見回らなくてもいいんですかい？」

「またの機会でいいだろう。どうせ若君の喪（も）が明けるまで将軍家の鷹狩りはおあずけだ」

　若君とは、十代将軍・家治（いえはる）の世子・家基（いえもと）のことである。

　この年（安永八年）の二月、家基は品川の鷹場で鷹狩りを楽しんだあと、にわかに気分が悪くなり、急遽（きゅうきょ）、早駕籠（はやかご）で江戸城にもどったが、奥医師たちの必死の手当ての甲斐もなく、三日後に不帰の客となった。

　享年十八歳だった。

　この事件に疑念をいだいた若年寄・酒井石見守（いわみのかみ）は、配下の鳥見役組頭・刈谷軍左衛門（かりやぐんざえもん）に真相究明の密命を下した。

　酒井石見守は、時の権力者・田沼意次（おきつぐ）の腹心である。事件の報を聞いた瞬間に、

　——家基急死の裏に反田沼派の策謀があったのでは？

　と直感したのである。

組頭・刈谷軍左衛門の意を受けて、兵庫が探索に乗り出した。

その結果、反田沼派の勘定奉行・土屋讃岐守が家基の鷹狩りに随従した御書院番衆・高山修理亮をそそのかして、家基の昼食にトリカブトの毒を盛ったことが判明した。

土屋讃岐守の背後には、御三卿・一橋刑部治済の影が見え隠れしていた。治済は将軍世子・家基を亡き者にして、おのれの嫡男・豊千代（のちの十一代将軍・家斉）を将軍家の養子に入れようと謀ったのである。

だが……、

土屋讃岐守と一橋治済との関係を裏付ける証拠は何もなかった。

家基の食事に毒を盛った高山修理亮も土屋の手の者に口を封じられたため、土屋を家基暗殺の張本人と断じるすべもなかった。

軍左衛門から復命を受けた酒井石見守は、土屋讃岐守の密殺を命じた。

——表で裁けぬ悪を闇で裁く。

その〝影御用〟をおおせつかった兵庫は、老練の鳥見役・森田勘兵衛と鳥見役見習いの狭山新之助とともに小石川の土屋の屋敷に乗り込み、土屋讃岐守を闇に屠ったのである。

それから二カ月半がすぎていた。

将軍世子・家基の喪に服するために、柳営(りゅうえい)内の催事・行事はすべて中止になった。

鷹狩りも例外ではない。おそらく年内は行われないだろう。

「さて」

と、兵庫が立ち上がった。そのときである。

ふいに藪(やぶ)の中から大きな野良犬がのっそりと出てきた。

口に何か白い物をくわえている。よく見ると、その白い物は人骨だった。

野良犬は二人をじろりと一瞥(いちべつ)して別の藪陰に走り去っていった。

「おい、以蔵。見たか」

「へい。骨をくわえてやしたね」

「あれはけだものの骨じゃねえ。人の骨だ」

いうなり、兵庫は身をひるがえして、野良犬が出てきた藪をかき分けてのぞき込んだ。

地面に、野良犬が掘り起こした跡があった。

土の中から人間の骨らしきものが飛び出している。

「以蔵、手伝ってくれ」

「へい」

草むらに落ちていた薪雑棒(まきざっぽう)を拾って、二人は地面を掘りはじめた。

　ほどなく土中から男の死体が現れた。人相も年齢も判別できぬほど腐乱している。

「死骸だ！」

「埋められてから四、五日はたってるな」

　兵庫がかがみ込んで死体をのぞき込んだ。

「左手の手首がないぜ」

「野良犬がくわえていったんじゃねえでしょうか」

「いや、この切り口は刀だ」

「刀！」

「そういえば……」

　兵庫が思案顔でいった。

「五日前に芝浜で肥後細川家の家士が二人、何者かに斬殺されたと聞いたが、その一件とこの死体と何か関わりでも……？」

　目黒から芝浜までは、行人坂(ぎょうにんざか)、来峰町(らいほうちょう)、白金町(しろかねちょう)を経由すれば一里弱の距離である。地理的にも二つの事件の関連性は十分考えられるし、死体が四、五日前に埋められたものだとすれば、芝浜で起きた事件と日にち的にも符合する。

2

四半刻（三十分）後。

二人は目黒不動尊の門前町の通りを歩いていた。

徳川家康が江戸に入府したころ、目黒地域は三田村、上目黒村、中目黒村、下目黒村、碑文谷村、衾村の六カ村で成り立っていた。

当初、三田村と上目黒村は幕領、中目黒村は増上寺の寺領であったが、江戸城下の発展にともない、激増した武士や商人の食糧をまかなう野菜の供給地として栄えるようになったため、延享三年（一七四六）、町奉行の支配地となった。

不動尊の門前町には、料理屋や茶屋、土産物屋、旅籠、商家などが軒をつらね、通りは不動尊詣でをかねた行楽客で賑わっていた。

目黒不動尊は「泰叡山滝泉寺」といい、不動明王を本尊とする天台宗の寺院である。元和元年（一六一五）に火災が起きて、諸堂ことごとく焼亡したが、寛永十一年（一六三四）、三代将軍家光の帰依を受けて五十余棟におよぶ山岳寺院配置の伽藍が復興完成した。

それ以来、歴代将軍をはじめとして、江戸市民から厚い信仰を受け、江戸近郊屈指の参詣行楽地となり、江戸中期から幕末にかけて繁栄をきわめた。

二人は下目黒町の自身番屋の前で足をとめた。

中で茶をすすっていた初老の番太郎が二人の姿に気づいて立ち上がり、

「何かご用ですか？」

と、けげんそうな顔で訊(き)いた。

「四、五日前に、この町で様子の怪しい者を見かけなかったか？」

「さあ……」

小首をかしげながら、番太郎はうろんな目で兵庫と以蔵の顔を交互に見やった。

「失礼ですが、お侍さまは？」

「公儀鳥見役・乾兵庫と申す」

番太郎の態度が急に変わった。

「お役目ご苦労さまでございます。……何か事件でも？」

「駒場野の林の中で男の死体を見つけたのだが」

「死体！」

「土ん中に埋められていたんだ。何か思い当たる節はねえかい？」

と以蔵が訊く。

「ここは御不動さまの門前町ですので、人殺しや刃傷沙汰(にんじょうざた)はめったに起きないんですが……」

番太郎も困惑している。

「あのままほっとくわけにはいかんからな。とにかく一緒に来てくれ」

番太郎をうながして、兵庫と以蔵は踵を返した。

そのとき、番屋の陰にたたずんで三人のやりとりに耳をかたむけていた頬かぶりの男が、何食わぬ顔で足早に立ち去っていった。だが、兵庫も以蔵もそれに気づいていない。

男は、人混みをぬうようにして、門前通りを北に向かっていた。

門前通りは成就院の前で直角に左に折れている。

成就院も目黒不動尊と同じ天台宗の寺院である。本尊は慈覚大師の作といわれる薬師如来で、蓮華座を三匹の蛸が支えているところから、俗に蛸薬師とも呼ばれ、疫病除けの仏として人々にあがめられていた。

通りを左に曲がると、すぐ右に入る細い道があった。男はその道に足を踏み入れた。

道の右側は成就院の長大な土塀、左側には雑木林や畑、草地が広がり、藁葺きの百姓家や板屋根の小家がまばらに散在している。

門前通りの賑わいとはまったく無縁の閑散とした田園風景である。

半丁ほど行ったところに、竹林に囲まれた小さな百姓家があった。頬かぶりの男は四辺にするどい眼をくばり、足早にその百姓家に入っていった。

板戸を引き開けて土間に入ると、

「武吉か」

奥から低い声がした。武吉と呼ばれたその男は、

「へい」

と応えて、頬かぶりをはずし、板間に上がって奥の破れ唐紙を引き開けた。

六畳ほどの部屋で三人の男たちが車座になって酒を飲んでいた。黒々と髭をたくわえた浪人者と破落戸ふうの二人の男である。

浪人者は香取辰之介という。歳は三十一、二。破落戸ふうの二人の男は平蔵と伊左次。いずれも浅黒く日焼けした、猛々しい面がまえをしている。

「どんな様子だ」

辰之介が訊いた。

「勘助の死骸が見つかっちまいやしたぜ」

「なに」

「公儀の役人が探索に動いてやす」

「そいつはまずいな」

平蔵が苦々しげにいう。

五日前の晩、芝浜で肥後細川家の下士二人を斬殺して姿をくらましたのが、この四人であることは言を待たない。芝浜からここへくる途中、左手首を斬られた勘助が息を引き取ったため、駒場野の雑木林の中に死骸を埋めてきたのである。

「どうしやす？　旦那」

不安そうな顔で伊左次が訊いた。

「早晩、ここにも手が回るだろうな」

辰之介が茶碗酒をあおりながらいった。顔にも声にも感情がない。虚無的な暗い眼、鼻梁が高く、頬がそげ落ち、羅刹のように悽愴な顔貌をしている。

「その前にずらかるとするか」

「ほかに当てでもあるんですかい？」

平蔵が訊き返す。四人の中で一番の年長らしく、鬢のあたりに白いものが混じっている。

「本所三ツ目に常願寺という古寺がある。香取家代々の菩提寺だ。その寺の住職なら信用できる。おれのたった一人の味方だ」

「けど」

と平蔵が首を振った。

「人目につくから、町中はやばいんじゃないですかい」

「その逆だ。木は森に隠せというからな。人混みにまぎれ込めばかえって目立たんだろう」

「じゃ、さっそく今夜にでも」

伊左次がいった。そこへ、粗末な身なりの娘が盆を持って入ってきた。武吉の妹・お末である。歳のころは二十一、二。やや小肥りの愛嬌のある顔をしている。

「何もありませんけど、これを召し上がってください」

四人の前に大鉢を置いた。里芋と竹の子の煮つけである。竹の子は目黒の名産の一つでもあり、ちょうどこの季節が旬である。伊左次が笑みを返して、ぺこりと頭を下げた。

「すまねえな。お末ちゃん」

「どういたしまして。お酒、足りますか？」

「ああ、十分だ」

「お末」

と武吉が向き直り、

「おれたちは今夜、ここを出ることにしたぜ」

「どこへ行くの？」

「香取の旦那の知り合いの寺に厄介になることにしたんだ」

「そう」

お末の顔にふっと翳りがさした。それを見て、

「おまえを巻き添えにするわけにはいかんからな」

辰之介が慰撫するようにいう。

「巻き添え？」

「公儀の役人が探索に動いてるんだ。もし見つかったら、おめえも咎めを受けることになる。香取の旦那はそれを心配なさっているのよ」

武吉の言葉を聞いて、お末は暗然とうなだれた。


寝静まった本所の町に、入江町の鐘が陰々と鳴りひびいている。

四ツ（午後十時）を告げる時の鐘である。

本所竪川の河岸通りを、ひたひたと走る四つの影があった。辰之介たちである。

三ツ目橋の北詰を一丁ほど行ったところで、四人は左の路地へ曲がった。その路地をさらに半丁ほど行くと、左手に朽ちた山門が見えた。常願寺の山門である。

山門から石畳の参道がつづいている。正面に茅葺き屋根の小さな本堂が立っていた。

無住寺と見まごうばかりの荒れ寺である。本堂の右奥に方丈があり、左奥が墓地になっている。

方丈の火灯窓にほのかに明かりがにじんでいる。

「おまえたちはここで待っててくれ」

三人にいいおいて、辰之介は方丈の玄関の戸を引きあけて中に入った。

「ごめん」

奥に声をかけると、廊下に手燭の明かりが揺れて、五十がらみの温和な顔つきの住職が出てきた。名は照円という。玄関に立っている辰之介を見て、

「辰之介どの！」

照円が瞠目した。

「照円さま、おひさしぶりです。じつは……」

といいかけるのへ、

「いや、何も聞きますまい。照円は手を振って、どうぞ、お上がりくだされ」

「ほかに仲間がいるのですが」

辰之介がためらうようにいった。

「お仲間？」

「三人です。ご迷惑とは存じますが、しばらくご当寺にご厄介になりたいと思いまして」

「わかりました。僧坊をお使いくだされ。場所はご存じですな」

「拙僧は会わぬほうがいいでしょう。明かりをお持ちになられたがよい」

照円がにっこり笑って、手燭を辰之介に渡した。

「ありがとう存じます。では、のちほど」

一揖して玄関を出ると、辰之介は表で待っていた三人を案内して本堂の裏手にまわった。

木立の奥に僧坊がある。以前はこの僧坊に二、三人の修行僧が住んでいたが、無住のまま長年放置されていたらしく、家屋は荒れ果てていた。

「ここが当面の住まいだ」

三人を中にうながすと、

「住職と積もる話がある。おまえたちは先に寝んでてくれ」

いいおいて、辰之介は方丈にとって返した。

方丈の玄関で、照円が待ち受けていて、

「一献、差し上げたいが、その前にご先祖の墓前にこれを……」

と、線香を差し出し、先に立って歩き出した。辰之介は黙ってあとについた。

墓地の片すみの墓石の前で足を止め、

「これへ」

「はい」

と照円が指さしたのは、墓石のわきに立てられた卒塔婆だった。

　それを見た瞬間、辰之介はあっと息を飲んだ。なんとその卒塔婆には妻・静江の名が記されているではないか。信じられぬ面持ちで照円の顔を見た。

「静江が……、死んだ！」

　肺腑をしぼるような声だった。

「あの事件のあと、自害なされたのです」

「………」

　言葉を失った。

「事が事だけに奥方さまの亡骸を引きとるお方もなく、二日ほど組屋敷に放置されたままになっていたそうです。見かねて拙僧がねんごろに葬って差し上げました」

　絶句したまま、辰之介は卒塔婆の前に膝をついた。口元がわなわなと震えている。耐えがたい悲しみが胸にこみ上げてきた。だが、耐えるしかない。血が出るほど強く唇を嚙みしめて卒塔婆の前に線香を手向け、

「許してくれ、静江」

　一言、低くつぶやいて、辰之介は合掌した。

3

そのころ……、
乾兵庫は、上野池之端仲町の小料理屋『如月』の小座敷で酒を飲んでいた。

目黒の鷹場からいったん駒込千駄木の組屋敷にもどり、風呂を浴びて白衣（平服）に着替えて、この店に飲みにきたのである。

店内に客の姿はなかった。板前の喜平は竈の火を落として四半刻ほど前に帰宅した。女将のお峰が一人で黙々と卓の上を片づけている。歳は二十三。男好きのする婀娜っぽい女である。以前は深川で芸者をしていたが、もともとは零落した御家人の娘である。場末の小料理屋の女将にしてはどこか凛とした気品をただよわせている。

「お待たせ」

店じまいを終えて、お峰が小座敷に上がってきた。目にしみるような鶯染めの小紋に樺茶の横縞帯、やや抜きぎみの襟元、白いうなじがぞっとするほど色っぽい。

「あいかわらず繁盛してるな」

手酌でやりながら、兵庫がいった。

「忙しいのは結構なんですがね。ちかごろの客は下品なやつばっかりでうんざりですよ」

「酒を飲むと男は誰しも下品になる。致し方あるまい」

「相手によりけりですよ……。わたしにも一杯くださいな」

兵庫の肩にしなだれかかり、お峰が猪口（ちょこ）を差し出す。甘い脂粉（しふん）の香りが兵庫の鼻孔をくすぐった。猪口に酒をつぐと、それを一気に喉（のど）に流し込んで、

「兵庫さまのようなお人なら、わたしだってよろこんで……」

上目づかいに兵庫の顔を見た。長い睫毛（まつげ）、切れ長な眼、やや厚ぼったい唇が紅（あか）くぬれている。すでに酒が入っているのか、眼元から頬にかけてほんのり桜色に染まっている。

「今夜はゆっくりしていって」

「ああ」

うなずいて、自分の猪口に酒をつごうとすると、お峰はその手を押さえて、やおら兵庫の口に唇をかさね、口中にふくんだ酒を口移しに飲ませた。兵庫はそれをごくりと飲み下し、お峰の肩を引き寄せてむさぼるように口を吸った。舌と舌がからみ合い、甘い香りが口の中にひろがる。

お峰は狂おしげに身をよじりながら、右手を兵庫の下腹に伸ばして着物の裾（すそ）をひらき、下帯の上から一物を愛撫（あいぶ）した。すでに硬直している。下帯の横からそれをつまみ

出した。怒張した一物がはじけるように飛び出す。指先でふぐりをやさしく揉みながら、陰茎の裏を撫で上げる。絶妙な指技である。

「う、ううッ」

兵庫がうめいた。息づかいが荒い。片足で膳部を小座敷のすみに押しのけると、兵庫は荒荒しくお峰を畳の上に押し倒した。はずみで裳裾が乱れ、白い下肢がむき出しになった。その上におおいかぶさり、口を吸いながら片手で太股を愛撫した。白磁のようにきめのこまかい、張りのある肌である。

兵庫の手がぐいっと着物の裾を割った。緋色の長襦袢をたくし上げ、腰の物を引きはぐ。

下半身があらわになる。股間に黒々と茂る秘毛が欲情をそそる。お峰は恥じらいもなく両足を開いたまま、忘我の境地で兵庫の口を吸っている。

そっとはざまを撫で上げた。茂みがしっとりと濡れている。

指先が小さな突起に触れた。

「あっ」

と、お峰がのけぞる。茂みをかき分けて壺に指を入れた。したたり落ちんばかりに愛液があふれている。壺の奥深く指を挿入させる。熱い。肉襞がひくひくと脈打っている。

「あ、だ、だめ……」

絶え入るような声を発して、お峰は身をくねらせる。

兵庫の手がもどかしげに帯を解く。はらりと着物がはだけた。白い胸乳（むなぢ）が露出する。ゆたかな両の乳房がたわわにゆれる。着物をはぎ取り、長襦袢を脱がせ、腰の物を引きぬく。

一糸まとわぬ全裸である。さすがに恥ずかしいのか、お峰は股間を手で隠し、じっと眼を閉じた。兵庫は丸行燈（まるあんどん）を引き寄せて、お峰の裸身に明かりを当てながら、体のすみずみになめるような視線を這（は）わせた。

豊満な乳房、くびれた腰、肉（しし）づきのいい太股、かもしかのようにしなやかな脚。

「……きれいだ」

陶然とつぶやきながら、兵庫は乳房をわしづかみにした。指の間からはみ出さんばかりにゆたかな乳房である。つんと立った乳首が薄桃色に染まっている。

乳首を口にふくみ、舌先でころがし、軽く噛んだ。

「ああ」

お峰が喜悦の声をもらして身をよじらせる。ふっと眼を開けて、

「じらさないで」

恨みがましくいった。

「急かせるな。ゆっくり楽しませてくれ」

「気が遠くなりそう……、兵庫さまも……、はやく」

催促するようにいう。

兵庫は膝立ちになって着物を脱いだ。剣で鍛えた隆々たる筋骨である。下帯も外し、全裸になった。股間に黒光りする一物がそそり立っている。

「ほら、こんなに大きくなって」

たおやかな腕を伸ばして、お峰がそれをつまんだ。兵庫は膝立ちになったまま黙って見ている。指先でしなやかに愛撫しながら、お峰は先端を口にふくんだ。舌先でなめまわし、ゆっくり口中に入れる。根元まで飲みこみ、唇をすぼめて出し入れする。

「ううッ」

峻烈な快感が兵庫の脳髄をつらぬいた。お峰の口の動きが速くなる。

兵庫はお峰の頭を両手でかかえ込み、激しく尻を振った。体の芯に雷電が奔った。限界に達していた。炸裂寸前に引きぬいて、ふうっと吐息をつく。

「今度は、わたしの番ですよ」

お峰がうるんだ眼で兵庫を見上げた。

「どうしてもらいたい？」

「兵庫さまのお好きなように」

「じゃ、正座しろ」

「はい」

お峰は従順にしたがった。

「両手をつけ」

「はい」

正座したまま両手をつく。兵庫は背後に回ってお峰の尻を両手でかかえ上げた。

四つん這いになった。

「もっと尻を上げるんだ」

いわれるまま、お峰は膝を伸ばして尻を高々と突きあげた。前門と後門がまる見えになるような恥ずかしい恰好だが、そうされることで、むしろお峰の淫欲がかき立てられることを兵庫は知っていた。女の羞恥と情欲は表裏一体なのである。

「あーっ！」

ふいにお峰が悲鳴のような声を発した。兵庫の指が菊の座に入ったのだ。

「そ、そこは……いや……」

といいつつ、牝犬のように尻を振って狂悶している。

ひとしきり菊の座をなぶったあと、尻の下から手をまわして前門のはざまを撫で上げた。そこはもうしとどに濡れそぼっている。いったん萎えかけた兵庫の一物も、はち切れんばかりに回復していた。それを指でつまんでひとしごきすると、突き刺すようにお峰の壺に挿入した。

「ひいッ」

声にならぬ叫びを上げて、お峰がのけぞる。

兵庫が激しく突く。突くたびにお峰の体が前にのめる。髪を振り乱し、あられもなく喜悦の声を発しながら、お峰は小座敷の上を這いまわる。

「あ、だめ……、もうだめ……、いきます」

お峰は昇りつめていた。

「おれも……、果てる」

うめくようにいって、兵庫はそれを引きぬいた。同時に先端から白い泡沫が放射され、お峰の背中に飛び散った。

お峰はそのままうつ伏せに倒れ込んだ。弛緩した四肢がひくひくと痙攣している。

兵庫も尻餅をつくようにどさっと腰を落とし、肩を大きくゆらせて呼吸をととのえた。

胸元に滝のような汗が流れている。

やがて……、
お峰がむっくり体を起こして、しどけなく兵庫の肩にしなだれかかり、

「ねえ、兵庫さま」

ささやくようにいった。

「こんなことを、ほかの女の人にもしてるんですか？」

「ほかの女に気を移すほどおれは多情ではない。それに……」

といって、兵庫は眼元に照れるような笑みをにじませた。

「それに……、何ですか？」

「おまえほどの女はほかにいないからな」

「お世辞でも、そういわれるとうれしいわ」

お峰は汗で濡れた兵庫の胸に頬をすり寄せながら、股間に手を伸ばして萎えた一物をやさしく撫で上げた。

「兵庫さまのこれは……、わたしだけのもの。いやですよ、ほかの女に使っては」

「お峰」

ひしと抱きすくめて、両の乳房をつかんだ。一物がふたたび硬直している。

上野大仏下の時の鐘が九ツ（午前零時）を告げはじめた。

その夜、二人は明け方ちかくまで飽くことなく睦み合った。

4

千駄木の組屋敷にもどったのは、明七ツ（午前四時）ごろだった。

ひさしぶりに激しい情交だった。さすがに精も根もつき果て、虚空を浮遊するような気分で屋敷にたどりついた。寝間に入って着物を脱ぎ捨てるなり、下帯のまま蒲団にもぐり込んで泥のように眠った。

夢もむすばぬほど深い眠りだった。

どれほどの時間が流れただろうか。

「兵庫、いるか」

野太い声で眼が覚めた。組頭・刈谷軍左衛門の声である。がばっとはね起き、あわてて身づくろいをして寝間を出た。

ずかずかと廊下を踏み鳴らして軍左衛門が入ってきた。歳は五十五歳、眉が太く、眼が大きい。古武士然とした風貌の男である。

「寝ていたのか」

「ゆうべ、遅かったもので」

ばつが悪そうに兵庫は頭をかいた。

「話がある」

軍左衛門は居間の襖を開けて中に入った。

「茶を入れてきましょう」

「茶はいらん。ま、座れ」

「仕事ですか？」

着座するなり、兵庫が訊いた。

「六日前の事件は、おぬしも知っておろう」

肥後熊本・細川家の下士二人が斬殺された事件である。

「町のうわさで聞きました」

「下手人は島抜けの囚人だ」

「島抜け？」

「きのうの夕刻、八丈島の島役人から公儀宛てに報せが届いたそうだ」

軍左衛門はふところから折り畳んだ書状を取り出して、畳の上にひろげた。

その書状には、次の五人の名が記されてあった。

武州無宿・勘助。

野州無宿・伊左次。

上州無宿・平蔵。

江戸馬喰町地借・武吉。

元公儀普請改方・香取辰之介。

「この五人が細川家の侍を……？」

「間違いない。芝浜の海苔粗朶の中に島舟が乗り捨てられていたそうだ」

「で、仕事というのは？」

「どうやら、この五人は江戸市中にひそんでいるようだ。それを探し出して消してもらいたい」

「石見守さまからのご下命ですか」

「ああ」

酒井石見守忠休は、出羽松山二万五千石の大名、鳥見役を支配する若年寄である。

「むろん町奉行や目付も探索に動いている。だが……」

と言葉を切って、軍左衛門は苦々しく眉根を寄せた。

「六日たったいまも行方はおろか、手がかりすらつかめておらぬ。探索が手ぬるいと細川家から突き上げを食って、石見守さまも困じておられるのだ」

肥後細川家は表高（公称高）五十四万石、内高（実高）七十四万石の外様大藩である。

農本主義から重商主義へと大胆な政策転換を図った老中・田沼意次への風当たりは

強い。とりわけ「米」の禄高によって家格や身分の保証を得てきた守旧派の譜代大名や旗本は、田沼の「貴金賤穀」政策に真っ向から反対している。そうした緊迫した状況の中で、大藩細川家の機嫌を損ねるわけにはいかないのである。

「もし五人を捕り逃がしたとなれば、それを口実に反田沼派が細川家を取り込み、ご老中田沼さまへの攻勢を強めるであろう。石見守さまはそれを危惧なされておる」

「つまり、細川家を敵に回さぬためにも、五人を探し出して始末しろと」

「さよう」

兵庫は、改めて書状に眼を落とした。

島抜けした五人の名の下に、それぞれの罪状や島送りになった期日などが書き込まれている。いずれも博奕や喧嘩刃傷、物盗りなどで島流しになった囚人だが、香取辰之介という侍は、相対死（心中）による遠流だった。八丈島に流されたのは七年前の安永元年（一七七二）十一月となっている。

老中・田沼意次が幕政に君臨した、いわゆる「田沼時代」は、いちじるしく武士の綱紀が乱れ、賄賂が横行し、政治が腐敗した、と一般に喧伝されているが、かならずしもこれは正当な評価とはいえない。

田沼在職中の安永・天明年間に遠島刑に処せられた武士の数は四十二人にのぼった。これは寛保二年（一七四二）、八代将軍吉宗のとき「公事方御定書」が制定され、死罪に次ぐ重罪として遠島刑の基準が定められてから、もっとも多い数である。田沼意次がいかに武士の綱紀粛正にきびしく臨んだか、この数字を見ても瞭然であろう。

書状から眼を離し、兵庫が顔を上げた。

「この男の罪状は相対死となっていますが」

「聞くところによると、柳橋の『舟松』という船宿で芸者と心中を図り、おのれだけが生き残ったために、芸者殺しの科で島流しになったそうだ」

この時代、武士の心中事件はめずらしくなかった。やや時代は下がるが天明五年（一七八五）八月、寄合五千石の旗本・藤枝外記が吉原の妓楼「大菱屋」の遊女・綾衣と心中を図った事件は、俗に「箕輪心中」と呼ばれ、
君と寝ようか　五千石とろうか
なんの五千石　君と寝よ
の俗謡で有名になった。この心中事件では、当事者二人が死亡したために、残された家族や家来たちに連座制が適用され、きびしい処分が下されたという。

「どうやら、この男が一味の行方を突きとめる鍵になりそうですね」

「うむ」

「わかりました。調べてみましょう」

「兵庫」

軍左衛門が兵庫の顔を直視した。

「申すまでもないが、この仕事は〝影御用〟だ。目付や町方も探索に動いている。くれぐれも連中に気どられぬようにな」

「はっ」

「では、頼んだぞ」

いいおいて、軍左衛門は部屋を出ていった。


陽が落ちるのを待って、兵庫は千駄木の組屋敷を出た。黒羽二重の着流しに朱鞘の落とし差しといういでたちである。

本郷通りから湯島を経由して、神田川沿いの道を柳橋に向かった。

風もなく、おだやかな宵である。

東の空に利鎌のような上弦の月が浮かんでいる。

やがて前方に、きらきらときらめく光の帯が見えた。川っぷちにつらなる船宿の灯りである。柳橋は、吉原通いの猪牙舟の発着所として発展し、のちに船宿自体が遊冶郎たちの遊び場となり、府内屈指の盛り場として殷盛をきわめるようになった。

船宿『舟松』は、浅草御門橋と新し橋とのちょうど中間地点にあった。正しくはこの界隈を平右衛門町という。

油障子戸を引き開けて中に入ると、

「いらっしゃいまし」

粋筋（いきすじ）らしい中年増の女将が愛想よく兵庫を迎え入れた。一階は土間と小座敷、船頭などが休息する舟子溜（ふなこだ）まりになっている。兵庫が案内されたのは二階座敷だった。

運ばれてきた酒を手酌で飲んでいると、ほどなく襖が開いて芸者が入ってきた。歳のころは二十七、八。芸者としてはかなりとうが立っているが、若いころはそれなりに客の受けもよかったのだろう。どことなく色っぽい面立ちをしている。

「小菊（こぎく）と申します」

艶然（えんぜん）と笑って、芸者が酌をした。

「柳橋は長いのか」

「はい。今年で九年目になります」

「すると、七年前の事件を憶えているな」

「事件？」

小菊がいぶかる眼で訊き返した。

「ここで起きた心中事件だ」

「………」

小菊の顔から笑みが消えた。眼に警戒の色が浮かんでいる。

「お武家さま、ご公儀のお役人ですか」

「心配するな。おまえに迷惑がかかるような真似はせん」

兵庫は、すかさず小菊の手に小粒（一分金）を手渡した。現金なもので、それを受け取ったとたん、小菊の眼から警戒の色が失せた。

「心中を図ったのは香取辰之介という侍だ。知っているな」

「はい」

「心中の相手は？」

「蔦吉（つたきち）姉さんです」

「以前から、二人はそういう仲だったのか」

「いいえ」

と、かぶりを振って、小菊は急に声を落とした。

「ここだけの話ですけど……、蔦吉姉さんがお侍さんの座敷についたのは、その夜がはじめてだったんです」

「ほう」

小菊の話によると……、
その夜、香取辰之介は源蔵（げんぞう）という男に連れられてこの船宿にやってきた。源蔵は常連だったが、辰之介は初見の客だったという。その座敷に呼ばれたのが蔦吉だった。

しばらく酒を酌みかわして談笑したあと、源蔵が先に帰り、辰之介と蔦吉だけが座敷に残った。その後、座敷で何が起こったのかわからないが……、と前おきして、小菊が言葉をついだ。

「明け方の六ツ（午前六時）ごろ、そのお侍さんが血相変えて階下に下りてきて、蔦吉姉さんが死んでいる、って」

「蔦吉の死体を確かめたのは？」

「船頭の与一さんです」

一階の舟子溜まりで茶をすすっていた、いかつい顔の男がどうやらその船頭らしい。

「得物は何だったんだ？」

「お侍さんの脇差で胸をひと突きにされていたそうです。それからほどなくご公儀のお目付衆が飛んできて、そのお侍さんを連れていったとか」

「なるほど」

「船頭さんから聞いた話なので、それ以上くわしいことはあたしも知りません」

「もう一つだけ訊く。香取辰之介を連れてきたという男は何者なのだ？」

「三ツ股の地回りだそうです」

三ツ股とは、田沼意次の経済拡大政策によって、幕府が大川（隅田川）河口の中州を埋め立てて造った歓楽街のことである。

「ねえ、お侍さま」

小菊がなれなれしげに膝をすすめて、

「いまの話は、絶対口外しないように女将さんから釘をさされてるんです」

「女将から？」

「せっかく世間が忘れてくれたのに、また妙なうわさが立ったら商売に差し支えるからって。……あたしから聞いたことは内緒にしておいてくださいね」

「わかっている。おまえも飲むか」

「いただきます」

小菊はふっと笑みを浮かべて猪口を差し出した。

5

（何か裏がありそうだ）

神田川の土手道を歩きながら、兵庫は思案していた。

どう考えても、初見の客と芸者が心中を図るというのは不可解である。その不可解な事件を、幕府の評定所はなぜ心中と断じたのか。それも謎である。

ひょっとすると、香取辰之介は陥穽にはめられたのかもしれぬ。

——地回りの源蔵。

その名が兵庫の脳裏によぎったときである。

行く手の闇に忽然として三つの影がわき立った。足をとめて油断なく刀の柄に手をかけ、闇を透かし見た。三つの影がゆっくりと歩み寄ってくる。

背中に棘のような殺気を感じて、兵庫はふり返った。背後にも三つの影が立っていた。

「お侍さん」

前方の影の一つが声をかけてきた。くぐもった陰気な声である。

月明かりに浮かび立ったその男の顔を見て、兵庫は瞬時に事態を察知した。男は『舟松』の舟子溜まりで茶を飲んでいた船頭らしき男だった。その男が小菊のいう与一であろう。ほかの影たちは、一見して破落戸とわかる荒くれどもである。

「なんでいまごろ七年前の心中事件を嗅ぎまわってるんで?」

与一が剣呑な眼つきでいった。

「何のことだ?」

「とぼけちゃいけやせんぜ。お侍さんが小菊と話しているところを、しっかり聞かせてもらいやしたよ」

「なるほど、そういうことか」

「悪いことはいわねえ。小菊から聞いた話は忘れたほうがいいですぜ」

「あいにくだが、おれは一度聞いた話は死ぬまで忘れぬたちなんだ」

「じゃ、仕方がねえ。死んでもらいやしょうか」

荒くれたちがいっせいに匕首（あいくち）を抜き放った。与一と背後の三人は長脇差を構えている。

六人の男たちがほぼ同時に地を蹴（け）った。前後からの挟撃である。いずれもかなり喧嘩なれしているらしく、身のこなしも早かった。

だが、兵庫の動きはそれ以上に素早かった。六人の男たちが地を蹴った瞬間に、土手の斜面を駆け下りていた。せまい土手道では動きが制限されるので、川原におびき寄せたのである。六人の男たちが雄叫（おたけ）びをあげて追ってきた。さながら血に飢えた群狼（ぐんろう）だった。

このとき、兵庫は信じられぬ行動に出た。くるっと体を反転させ、一度下りかけた土手を一目散に駆け登りはじめたのである。意表をつかれて、一瞬、男たちは棒立ちになった。中には踏みとどまれずに土手下にころげ落ちていく者もいた。

兵庫の刀が一閃（いっせん）した。下からすくい上げるような一刀である。敵が斬りかかってくるところを、入身（いりみ）となって腰を落とし、下から敵の利き腕を目がけて斬り上げるこの刀法を、心形刀流（しんけいとうりゅう）では「地生（ちしょう）ノ剣」という。

男の腕が匕首をにぎったまま高々と宙に舞った。

「ぎゃっ！」

悲鳴を発して、男が土手下にころがり落ちていった。その間に、兵庫はもう一人を「逆地生ノ剣」で斬り倒している。

兵庫の剛剣に残る四人が浮足立った。動きが乱れる。

兵庫が土手の斜面を横に走った。一人があわてて長脇差をふり上げた。その奥ふところへ踏み込みざま、兵庫は刀を垂直に突き上げた。切っ先が男の喉をつらぬく。ドッと血へどを吐いて男は仰向けに倒れた。

兵庫の動きはとまらない。流れるように走り、もう一人を袈裟がけに斬り伏せ、土手下で長脇差を構えている二人に向かって突進していった。

「野郎！」

二人が同時に斬り込んできた。一人の切っ先を峰ではね上げ、剣尖で円を描くようにしてもう一人の胴を横に払った。

ずばっ。

と肉を断つ鈍い音がして、男の腹が横一文字に切り裂かれた。凄まじい血潮とともに白いはらわたが草むらに飛び散った。残りは一人、与一である。

与一は長脇差を構えながら、おびえるようにじりじりと後ずさった。

剣尖をだらりと下げて、兵庫が男に迫る。

「た、頼む。見逃してくれ」

与一の声が震えた。長脇差の切っ先もかすかに震えている。

「おれの訊くことに答えたら、命は助けてやる」

「何が訊きてえんで？」

「七年前の心中事件だ。あれは誰かが仕組んだんじゃねえのか」

伝法な口調で問い詰める。与一は返事をためらった。

「答えろ」

切っ先を突きつけた。

「げ、源蔵親分が……」

「源蔵？　三ツ股の地回りか」

「蔦吉を金で抱き込んで、あの侍を酔いつぶさせた……。そのあと源蔵親分が侍の脇差で蔦吉を刺し殺した……。お、おれが知ってるのはそれだけだ」

「やはり、そうだったか」

案の定、偽装心中だった。

「源蔵のねらいは何だったんだ？」

「し、知らねえ。……おれは何も関わっちゃいねえ。源蔵親分から口止めされただけなんだ。……た、頼む。刀を引いてくれ」

「いいだろう」

刀の血ぶりをして鞘に納めると、

「それだけ聞けば十分だ」

いい捨てて、兵庫は背を返した。その一瞬の隙をついて、与一が背後から猛然と斬りかかった。常人ならこの一瞬に背中を突き刺されていたに違いない。与一の斬撃はそれほどの速さであり、勢いだった。

だが……、
そこに兵庫の姿はなかった。とっさに身を屈して横に跳んだのである。

与一の切っ先は空を切り、勢いあまってたたらを踏んだ。上体がのめり、首を突き出したところへ、兵庫の叩きつけるような一刀が降ってきたからたまらない。

がつっ！

骨を断つ音とともに、与一の首が数間先の草むらに飛んでいった。


雨が降っている。

霧のような烟雨である。

三ツ股の盛り場通りを、長身の浪人が番傘をさして歩いていた。香取辰之介である。

雨雲が急速に流れてゆく。ときおり雲の切れ間からうっすらと陽が差すが、またすぐに黒雲におおわれて雨脚がつよまる。梅雨(つゆ)の走りのような鬱陶(うっとう)しい空模様だ。

それにもかかわらず、盛り場の通りは人波でごった返していた。料理屋、茶屋、煮売屋(にうりや)、楊弓場(ようきゅうじょう)、男女入込(いれこみ)（混浴）の湯屋、あいまい宿などが軒をつらね、その賑わいは両国をしのぐほどだった、と物の書にある。

（すっかり変わってしまったな）

傘の下から盛り場の家並みを見渡しながら、辰之介は感慨深げにつぶやいた。

七年前、この三ツ股には、戦場(いくさば)のような喧騒と活気が渦まいていた。土砂を運ぶ荷車がひっきりなしに行き交い、仮設の桟橋には木材や石材を積んだ何十隻もの川荷舟がもやい、杭(くい)を打ち込む槌音(つちおと)や人足たちの掛け声がひびき渡り、一帯は終日靄(もや)がかかったように土ぼこりにおおわれていた。

大川（隅田川）と箱崎(はこざき)川の分流点の中州を埋め立てて、総面積九千六百七十坪の人工の島を造ろうという、壮大な土木工事だった。この工事を所管したのは、幕府の普請奉行・滝沢山城守康成(たきざわやましろのかみやすなり)、一千石高、芙蓉(ふよう)の間席の旗本である。

当時、辰之介は滝沢配下の普請改方として毎日定刻に普請現場を見回り、下役人や請負業者などの指揮・監督に当たっていた。身分は百俵高七人扶持の御家人である。

埋め立て工事がはじまったのは明和九年（一七七二）の五月だった。まず中州の周囲に杭を打ち込み、そこに石を積み上げて、さらに土砂を盛るという工法である。

九割方、杭の打ち込みが終わったある日、辰之介は妙なことに気づいた。杭の長さが規定のものより四尺（約一・二メートル）も短いのである。

その杭を一手に商っていたのが、深川木場の材木商『武蔵屋』だった。不審に思って『武蔵屋』の小頭に問いただすと、

「たまたま短いものがまぎれ込んでしまったようです。手前どもの落ち度ですので、すぐに取り替えさせていただきます」

という返事が返ってきた。だが、辰之介は納得できなかった。

埋め立てに使われた丸太杭はおよそ一万本、そのうち九千本がすでに打ち込まれていた。それをすべて抜き取って調べ直すのは不可能である。もし『武蔵屋』が意図的に寸足らずの丸太杭を納入したとなると、その差額は莫大な金額になる。

普請方の下役人は誰もそのことに気づかなかったのだろうか。

あるいは気づきながら黙認していたのか。もしそうだとすれば、これは官民ぐるみの明らかな不正事件である。

辰之介は、ひそかに内偵をはじめた。

そんなある日、中州界隈を根城にしている源蔵という地回りが、聞き込みに歩いている辰之介のあとを追ってきて、

「耳よりの情報があるんですが」

と、柳橋の船宿『舟松』にさそった。不正事件に関する差口（密告）だろうと思い、辰之介はさそいに乗ったが、源蔵の話はさっぱり埒が明かなかった。

「あっしが一言しゃべったら、誰かが腹を切らなきゃならねえ。それほど大事な話ですからねえ」

と気をもたせるばかりである。

「金が欲しいのか」

「へへへ、魚心あれば水心ってやつで」

「いくらだ？」

「ま、その話は酒を飲みながら、ゆっくり」

と、ひっきりなしに酌をする。辰之介は酒に強いほうではなかったが、源蔵から情報を引き出したい一心で、つがれる酒を無理に飲んだ。かなり酔いが回ったところへ、芸者が入ってきた。蔦吉という若い芸者だった。まるでそれを待っていたかのように、

「じつは、ある筋から『武蔵屋』の裏帳簿を手に入れたんですがね」

源蔵は小声でそういうと、

「そいつを取りに行ってきやすから、旦那はしばらくここで飲んでておくんなさい」

といって出ていった。

そのあとのことは、定かに憶えていない。蔦吉の酌で二、三杯飲んだところで急に眠気がさし、ごろりと横になったまま寝込んでしまったのである。

気がつくと、東の障子窓が白々と明るんでいた。

起き上がった瞬間、辰之介の顔が凍りついた。横に血まみれの蔦吉が倒れていた。しかも蔦吉の胸には辰之介の脇差が突き立っていた。一瞬、頭の中が真っ白になった。無我夢中で階段を駆け下り、舟子溜まりの船頭に知らせた。

半刻（一時間）ほどして、町奉行所与力と公儀目付が駆けつけてきた。

辰之介は小伝馬町牢屋敷に連行され、穿鑿所で目付・稲村外記の吟味を受けた。

稲村は終始無言で辰之介の話に耳をかたむけ、一通り話を聞き終えたところで、

「おぬしのいい分は、口書（供述書）にして公儀に届ける。これに爪印を押してくれ」

と白紙を差し出した。いわれるまま辰之介は爪印を押した。

それから十日後に、評定所の沙汰が下った。遠島である。

罪一等を減ぜられたのは、酒に酔った上での過失と判断されたからであろう。

だが、辰之介にとっては、まったく身に覚えのない冤罪である。必死に再吟味を申し立てたが受け入れられず、その年の秋の流人船で八丈島に流された。

死罪より罪一等軽いとはいえ、流刑は死にまさる苦しみがあった。

島での生活はすべて自給自足だった。住まいは筵囲いの粗末な流人小屋である。

小屋の周辺には井戸がないので、飲み水を汲（く）むために朝夕一里の道を往復しなければならなかった。主食となる稗（ひえ）や粟（あわ）は、不毛の火山灰地を開墾（かいこん）して栽培し、海が凪（な）いでいるときは魚や貝をとって空腹をしのいだ。明けても暮れても働きづめの毎日である。

過労のために病に倒れ、何度か生死の境をさまよったことがあった。そのつど、

——こんなところで死んでたまるか。

と、おのれにいい聞かせて生き抜いてきた。

意地でも生き抜いて、いつかこの島を抜け出し、自分を罠（わな）にはめた連中に復讐（ふくしゅう）する。

それだけを心のよすがにして七年の歳月を生きのびてきたのである。

そして先月、待ちに待ったその機会がおとずれた。

島の地役人の一人が新しい島舟を建造したという情報が入ってきたのである。

辰之介は四人の流人（勘助・伊左次・平蔵・武吉）を仲間に引き入れ、夜陰にまぎれて地役人の家に押し込み、家人（かじん）を惨殺して島舟の舵の鍵や食料、長脇差や匕首などを強奪して島を抜けた。

七年ぶりに見る中州は、まるで別世界だった。

（すっかり変わってしまった……）

また同じ言葉をつぶやきながら、辰之介は入り組んだ路地を抜けて、大川の川端に向かった。そこには表通りの華やかなたたずまいとは打って変わって無惨な光景が広がっていた。護岸のために打ち込まれた丸太杭のほとんどは流失し、あるいは腐れ果て、あちこちの石積みが崩れて盛り土が流れ出していた。雨で増水した大川の流れが、ひたひたと足元に打ち寄せている。

七年前のあの事件のツケが、中州の存在そのものをおびやかしはじめていた。

暗澹（あんたん）たる面持ちで辰之介は踵（きびす）を返した。

一時（いっとき）、やんでいた雨がまた降りはじめた。

第二章　修羅の道

1

夕刻……。

森田勘兵衛と狭山新之助が、兵庫の組屋敷を訪ねてきた。

見回り先からの帰りらしく、二人ともぶっさき羽織に野袴という身なりである。

勘兵衛は兵庫の亡父・清右衛門の同輩の鳥見役である。新之助は勘兵衛の下で働く見習いの鳥見役で、兵庫より五つ年少の二十一歳。さわやかな面立ちをした青年である。

「見回り先で雉子を仕留めてきた。これで一杯やらんか」

勘兵衛が差し出したのは、鶏ほどもある大きな雌の雉子だった。将軍家の鷹場で鳥獣を捕獲することは厳しく禁じられていたが、勘兵衛はまったく意に介さず、

「これがわしらの役得だ」

と豪快に笑い飛ばし、さっそく雉子をさばきはじめた。その雉子肉とネギやゴボウ、イモ、コンニャクなどを鍋にぶち込み、醤油仕立ての雉子鍋にする。

鍋をかこんで酒盛りがはじまった。しばらく他愛のない世間話に花を咲かせたあと、勘兵衛がふと真顔になって、話題を変えた。

「おぬし、御支配から〝影御用〟をおおせつかったそうだな」

「ええ」

とうなずいて、兵庫は事件の概要と探索経過を二人に話した。刈谷軍左衛門配下の鳥見役二十七名中、兵庫の「影御用」を知っているのは、この二人だけである。

「七年前の心中事件ならよう憶えている。当時からわしも疑念をいだいていたんだ」

話を聞き終えた勘兵衛が険しい表情でいった。それを受けて兵庫が、

「あれは罠です」

ずばり、いい切った。

「しかし、いったい誰が……、何のためにそんな卑劣な罠を？」

新之助がけげんな顔で訊く。

「直接、罠を仕掛けたのは源蔵という地回りだが、そいつの背後には黒幕がいるに違いない」

「だろうな」

勘兵衛が相槌をうち、

「この事件は存外根が深そうだ」

つぶやきながら、兵庫に向き直った。

「おぬしは引きつづき島抜け一味の行方を追ってくれ。その間に、わしらが七年前の心中事件を洗い直してみる」

「そうしていただければ助かります」

兵庫は素直に勘兵衛の申し出を受け入れた。

それから半刻ほど酒を酌み交わし、雉子鍋が空になったところで、勘兵衛と新之助は辞去した。二人が去ったあと、鍋や器を片づけていると、

「失礼しやす」

と声がして、以蔵が入ってきた。

「おう、以蔵か……。ひと足遅かったな」

「へ？」

「たったいま、雉子鍋で一杯やっていたところだ」

「そいつは残念。匂いだけちょうだいしておきやすよ」

鼻をひくつかせながら、腰を下ろした。

「何かわかったのか?」

「へい。源蔵の家を突きとめてきやした」

「場所はどこだ?」

「三ツ股の南はずれの貸家に、女と一緒に住んでおりやす」

「そうか」

時刻はまだ五ツ(午後八時)前である。兵庫が立ち上がった。

「よし、善は急げだ。以蔵、案内してくれ」

「へい」


宵闇の中に、おびただしい灯りに彩られた人工の島がぽっかり浮かんでいる。絶え間なく鳴り響く三味太鼓の音。女たちの嬌声。嫖客(うかれお)の哄笑(こうしょう)……。

三ツ股の歓楽街は、まさに大川に浮かぶ不夜城である。

兵庫と以蔵は、表通りの雑踏を避けて、裏路地に足を踏み入れた。

暗がりのあちこちに「けころ」と称する私娼たちが幽霊のようにたたずんで、通りすがりの男たちの袖(そで)を引いている。

兵庫と以蔵も、何度か「けころ」から声をかけられたが、それを振り切って、南に足を向けた。半丁も行くと、大川の川端に出た。

「あれです」

と、以蔵が指さしたのは、黒舟板塀でかこわれた小さな平屋だった。

二人は裏に回って、板塀の切戸口から裏庭に侵入した。居間の障子にほんのりと明かりがにじんでいる。どうやら源蔵は家の中にいるらしい。

「おまえはここで待っててくれ」

いいおいて、兵庫は勝手口から家の中に入った。雪駄をぬいで板間にあがり、足音を消して中廊下に出た。居間の襖がわずかに開いていて、そこから明かりが洩れている。

居間の前で足をとめて、襖の隙間からそっと中をのぞき込んだ。

誰もいない。

襖を引き開けて、中に入った。行燈がぽつんと置いてある。つい今し方、この部屋で酒を飲んでいたらしく、膳の上に飲みかけの徳利や猪口、小鉢などがのっていた。

兵庫は、油断なく刀の柄に手をかけ、隣室の襖を開け放った。

二つ枕の蒲団がしいてある。が、ここにも源蔵の姿はなかった。畳の上に男女の衣服が脱ぎ散らかしてあった。源蔵と女が裸のまま外出したとは考えられない。まだこの家のどこかにいるはずだ。

（そうか）

兵庫は身をひるがえして廊下に出た。

廊下の奥にうっすらと明かりがにじんでいる。足音を忍ばせて歩み寄った。

突き当たりの障子戸が白く光っている。その戸を引き開けた。風呂場の脱衣場である。掛け燭(じょく)の明かりに白い湯気がたゆたっている。

籠(かご)の中に男女の夜着が脱ぎ捨てられてあったが、風呂場からは物音ひとつ聞こえてこない。

不審に思いつつ、兵庫は腰の刀を鞘(さや)ごと抜いて、意を決するように正面のすだれを鞘の先ではね上げた。その瞬間、

（あっ）

と息を飲んで立ちすくんだ。

湯船の中で、全裸の男と女が抱き合ったまままこと切れていた。二人とも頸動脈をざっくり切り裂かれ、湯船の湯が血で真っ赤に染まっていた。

殺されてまだ間がないのだろう。女の肌には、ほのかに薄桃色の血色が残っている。

地回りの源蔵とその情婦であることは疑うまでもなかった。血に染まった湯の中に白い澱(おり)のようなものが浮いている。湯船の中で媾合(こうごう)している最中に襲われたに違いない。

（先手を打たれたか）

暗然たる面持ちで、兵庫は背を返した。

勝手口から外に出ると、待ち受けていた以蔵が、

「どうでした？」

と、歩み寄ってきた。

「ひと足遅かったようだぜ」

「まさか……？」

「二人とも殺されていた。風呂場でな」

「………」

絶句する以蔵に、

「人目につくとまずい。ずらかろうぜ」

といって、兵庫は身をひるがえした。以蔵があわててあとを追う。

二人が立ち去ってほどなく、勝手口の横の闇だまりから、わき立つように長身の黒影がうっそりと姿を現した。香取辰之介である。

風呂場で源蔵と女を斬り殺して表へ出たところで、侵入してきた兵庫と以蔵に気づき、すばやく物陰に身をひそめて二人の動きを探っていたのである。

（公儀の探索方か）

と思ったが、それにしては、去りぎわに武士がいった「人目につくとまずい」とい

う台詞が気になる。敵なのか、味方なのか、得体のしれぬ二人に疑心をつのらせなが
ら、辰之介は切戸口から裏路地に出て、足早に闇の中に姿を消した。

本所の常願寺にもどると、僧坊には立ち寄らず、辰之介はまっすぐ本堂の左奥の墓
地に足を向け、香取家の墓前にぬかずいた。

どこかでコノハズクが鳴いている。

青白い月明かりが、辰之介の顔に深い陰影をきざんでいる。さながら幽鬼のように
凄味のある顔だ。

ふいにコノハズクの鳴き声がやんで、背後から淡い明かりが差した。

辰之介はゆっくりふり返った。

手燭を持った照円が立っている。

「照円さま……」

「帰りが遅いので心配しておった」

照円が笑みを浮かべていった。俗世を超脱した、まさに生き仏のような慈顔である。

「申しわけございません。久しぶりに夜の町を歩いてきました」

一礼して、辰之介が立ち上がると、照円は背を返して歩きながら、

「人を斬ってきなすったな」

ぽつりといった。さり気ない口調だったが、そのさり気なさが、むしろ辰之介には

剃刀のようにするどく感じられた。

「お叱りは甘んじて受けるつもりです」

「辰之介どの」

照円が足をとめて、ふり返った。

「仏の道を説く拙僧が、こんなことを申すのは何だが……、わしはおぬしの殺生を戒めるつもりは毛頭ない」

「………」

「生きながら六道輪廻の地獄をめぐってきたおぬしに、いまさら不殺生戒を説いて何になろう。それこそ野暮というものじゃ」

そういって、照円は寂しげに微笑った。

「おっしゃるとおり、いまのわたしは仏の道とは無縁の男です」

「………」

「怨憎会苦の業を背負って地獄からよみがえった讐鬼です。人の心は八丈島に捨ててきました」

「業か……」

照円がやりきれぬように吐息をついて、

「おぬしが当寺を訪ねてきたときから、わしにはわかっていた。……もう何も申すまい。お仲間が待っている。行きなされ」

と、うながした。辰之介は深々と一礼して、足早に去った。

僧坊の一室で平蔵たちが酒を飲んでいた。

「あ、旦那、どうでした？」

武吉が訊いた。

「仕留めてきた」

ぼそりと応えて、辰之介は三人の前に腰を下ろした。平蔵がすかさず茶碗に酒をついで差し出す。それを一気に飲みほして、

「いつまでも、この寺に長居するわけにはいかねえ。おまえたちもこれから先の身の振り方を考えておくんだな」

「それをいま話し合っていたところなんですよ」

平蔵がいった。

「あっしと伊左次は郷里（くに）に帰ることにしやした」

「武吉、おまえはどうするつもりだ？」

「ほとぼりが冷めたら、目黒の家にもどって、百姓でもしようかと」

「そうか」

「とはいっても、先立つものがなきゃ動きがとれやせんからね。江戸をずらかる前に

ひと働きしようじゃねえかと、算段してたところなんで」

口元に老獪な笑みをにじませて、平蔵がいった。

「ひと働き？」

「押し込みです」

辰之介は無言で二杯目の酒を飲みほした。永い島暮らしで唯一の楽しみが手作りのどぶろくを飲むことだった。おかげですっかり酒がつよくなった。まるで水を飲むように三杯目を飲みほして、

「どうせやるなら、大物をねらうことだな」

「大物、といいやすと？」

「深川の材木商『武蔵屋』だ。あの店なら金がうなってるぜ」

「なるほど……」

平蔵が深くうなずいた。

「旦那が島流しになったのも、もとはといえば『武蔵屋』のせいでしたね」

「『武蔵屋』は中州の普請でぼろ儲けをした。その金を根こそぎふんだくってくるがいい」

伊左次がにやりと嗤い、平蔵と武吉の顔を見ていった。

「ついでに店に火をかけて皆殺しにしてやろうじゃねえか。香取の旦那の意趣返しに

な」

2

「ちょいと、ものを尋ねるが……」

通りすがりの行商人をつかまえて、以蔵が訊いた。

日本橋馬喰町の大通りである。

「庄兵衛店(しょうべえだな)ってのは、どこにあるんだい?」

「この先の路地を左に曲がって二本目です。初音(はつね)の馬場の西端ですから、すぐにわかりますよ」

「そうかい。すまねえな」

ぺこんと頭を下げて、以蔵は立ち去った。

地回りの源蔵が殺されて探索の糸が切れかかったとき、以蔵はふとあることに気づいた。島抜けした五人の中で、香取辰之介をのぞけば、江戸出身者は武吉しかいないのである。

——とすれば、かならず江戸に武吉の身内がいるはずだ。

そう思って、四日前から武吉が住んでいた長屋を探し歩いていたのである。

庄兵衛店は、すぐにわかった。

二棟が向かい合わせに立っている棟割長屋である。

木戸口の縁台で、頭の禿げあがった老人が、のんびり煙管をくゆらせていた。長屋の住人のほとんどは働きに出ていて、路地は閑散としている。

「爺さん、訊きてえことがあるんだが」

以蔵は、老人の前にかがみ込んだ。

「この長屋に武吉って男が住んでいたそうだが、憶えてるかい？」

「ああ、憶えてるさ」

煙管の火をポンと叩き落として、老人が顔をあげた。

「やくざな男でね。博奕のいざこざで刃傷沙汰を起こして、七年前に島流しになっちまったよ」

「武吉に身内はいなかったのかい？」

「目黒に妹が一人いるそうだ。両親が亡くなったあと、その妹に家作をゆずって江戸に出てきたと、武吉がそういってたよ」

以蔵の眼がきらりと光った。目黒と聞いて、駒場野の雑木林に埋められていた男の腐乱死体が、一瞬脳裏をよぎったのである。

「場所はどこなんだい？」

「たしか蛸薬師の裏で百姓をしてるとか」

「そうかい。邪魔してすまなかったな」

これで芝浜の事件と目黒の腐乱死体がつながった……と確信して、以蔵は下谷御徒町に足を向けた。

御徒町は、その名のとおり幕府の御徒衆の組屋敷が櫛比する武家屋敷街である。町の中心部を南北に大通りが走っている。和泉橋通りという。

その大通りを上野方面に向かってしばらく行くと、前方に橋が見えた。忍川に架かる三枚橋である。橋の南詰に心形刀流の道場があった。

兵庫は、三日に一度その道場に通って剣の修行に励んでいる。

激しく打ち合う竹刀の音がひびいてきた。以蔵は道場の武者窓から中をのぞき込んだ。

刺子の稽古着をつけた門弟たちに、兵庫が稽古をつけている。見所に腰をすえて、稽古の様子をじっと見守っている初老の男は、兵庫の剣の師であり、道場のあるじでもある増井惣右衛門である。

「とうッ」

裂帛の気合とともに打ち込んできた門弟の剣尖を、一寸の見切りでかわした兵庫は、すかさず一歩踏み込んで、ぱん。

と、下から薙ぎ上げるように胴を打ちすえた。瞬息の逆胴である。

「勝負あった。それまで！」

見所から惣右衛門の声が飛んできた。その声を合図に両者は竹刀を引いて正対し、軽くうなずき合った。爪甲の礼である。兵庫は見所の惣右衛門に一礼して、

「本日はこれにて失礼いたします」

粛然と退出し、道場の裏手の井戸端に向かった。衣服を脱ぎ捨てて、全裸になり、井戸の水で汗を流す。ふいに背後で声がした。

「いつもながら、みごとなお手並みで」

ふり向くと、以蔵が立っていた。

「見ていたのか」

「へえ。……旦那のお耳に入れておきたいことが」

「何だ？」

「武吉の実家がわかりやした」

「どこだ」

「目黒の成就院の裏手だそうで」

「目黒？」

「武吉の妹が住んでるそうです」

「そうか……」

濡れた体を拭きながら、兵庫はちょっと思案して、

「いまから行けば陽が落ちる前に着くな」

いいながら、手早く衣服を身にまとい、

「行こう」

と、以蔵をうながした。


七ツ（午後四時）ごろ、目黒についた。

不動尊の門前通りは、参詣行楽の善男善女であいかわらず賑わっている。

雑踏をぬって、二人は成就院の裏手に向かった。

以蔵が、道のかたわらの畑で野良仕事をしている百姓に武吉の実家の場所を訊いた。

そこから半丁ほど行った竹林の中にあるという。

気のよさそうな百姓は聞かぬことまでしゃべってくれた。

それによると、武吉の妹の名はお末といい、八年前に両親が相次いで病死したあと、やくざな兄に代わって、親が残してくれた畑を女手一つで守ってきたという。歳は二十二だが、性根のしっかりした娘ですよ、と百姓はいった。島抜けした武吉たちを、

妹のお末が匿っている可能性は十分に考えられる。

「あれです」

以蔵が指さした。竹林の中に、いまにもひしげそうな小さな百姓家が見えた。

二人が戸口にさしかかったときである。

突然、家の中から布帛を引き裂くような女の悲鳴が聞こえた。反射的に板戸を引き開けて、兵庫は中に飛び込んだ。すかさず以蔵もあとにつづく。

土足のまま板間にあがった。いきなり正面の唐紙が開いて、人影が矢のように飛び出してきた。と見た瞬間、兵庫は片膝をついて身を沈め、抜きつけの一閃を、その影に向かって放っていた。心形刀流の秘技「鎊捨刀」である。

「ぎゃっ」

と悲鳴を上げて、影は板間から土間にころげ落ちた。ぐしゃっと音がして、おびただしい血とともに寸断された肉片が土間に飛び散った。薄汚れた浪人者だった。横一文字に切り裂かれた腹から内臓が飛び出している。

「以蔵、左だ！」

兵庫が叫んだ。匕首を抜きざま、以蔵は右に跳んだ。

障子を蹴倒して、別の浪人が猛然と斬りかかってきた。文字どおり猪突猛進の勢いである。間一髪、切っ先をかわすと、以蔵はすばやく浪人の背後に回りこみ、高々と振りかざした匕首を、浪人の背中に渾身の力でぶち込んだ。

それを横目に見ながら、兵庫は刀の柄を逆手に持ち替えて、奥の部屋に突進した。

唐紙の陰から切っ先が飛んできた。

横合いからの不意の斬撃だったが、兵庫の体は本能的にそれに反応していた。刀の峰で切っ先をはね上げ、剣尖を返して敵の肩口に叩きつける。肩に食い込んだ刀を、峰の上に左手をおいて、そのまま一気に斬り下ろした。

肋骨が砕ける音がして、朱泥をぶちまけたように血が飛び散る。切っ先が心の臓を突き破ったのだろう。凄まじい量の血である。

敵はもう一人いた。六尺ゆたかな大兵の浪人である。

「おのれ！」

わめきながら、その浪人が斬りかかってきた。体が大きいぶん動きが鈍い。横殴りの刀刃を造作なくかいくぐって、兵庫は下から刀を突きあげた。

ぐさっ、と刃先が浪人の喉をつらぬき、首のうしろに突き出た。すぐさまそれを引き抜く。どっと血が噴き出た。数瞬、浪人は棒立ちになって、それからゆっくり前にのめり、朽木のように音を立てて倒れ込んだ。

「旦那」

以蔵が駆け寄ってきた。

「また後手を踏んだようだぜ」

「え」

「あれを見ろ」

刀の血ぶりをして鞘におさめながら、兵庫があごをしゃくった。

六畳の畳部屋のすみに、若い娘が虫の息でころがっている。武吉の妹のお末であろう。白い喉元から血が流れ出ている。近寄って見ると、お末の喉にはいく筋もの刃傷があった。

「散々なぶられたあげく、とどめを刺されたに違いない」

お末の死体に眼をやりながら、兵庫が暗然とつぶやいた。

「けど、なんで……？」

「武吉の居所を聞き出そうとしたんだろうな」

「すると、この浪人どもは？」

「妙な雲行きになってきたぜ」

「へ？」

「おれたち以外にも島抜け一味の行方を追っているやつらがいる」

むろん、公儀の探索方ではない。一味を生かしておいては都合の悪い連中が、浪人どもを雇って一味の行方を探しているのだろう。

「……とすると、地回りの源蔵を手にかけたのも？」

百姓家を出て、成就院の裏手の道を歩きながら、以蔵がけげんそうに訊いた。

「いや、あれは香取辰之介の仕業かもしれねえ」

「七年前の意趣晴らしですかい」

「たぶんな」

と応えたものの、確信はなかった。別の一味が源蔵の口をふさいだということも考えられる。いずれにしても、源蔵殺しとお末殺しの謎を解く鍵は七年前の偽装心中事件にある、と兵庫は思った。

3

それから三日後の夜。

常願寺の僧坊の一室で、平蔵、武吉、伊左次の三人があわただしく身支度をととのえていた。黒木綿(くろもめん)の筒袖(つつそで)に黒の股引(ももひ)き、黒の手甲脚絆(てっこうきゃはん)、上から下まで黒ずくめの盗っ人装束である。

辰之介は壁にもたれて茶碗酒をかたむけながら、うつろな眼で見ている。

本所入江町(ほんじょいりえちょう)の時の鐘が四ツ（午後十時）を告げはじめた。それを合図のように、

「じゃ、旦那、行ってきやす」

　平蔵が名残惜しそうな顔でいった。

「その足で江戸を出るのか」

「へい。ここでお別れさせていただきやす。旦那もどうかお達者で」

「もう二度と会うことはあるまい。おまえたちも堅固でな」

「旦那にはお世話になりやした。このご恩は一生忘れやせん」

「ごめんなすって」

　一礼して、三人は出ていった。

（これでおれの手間が一つはぶける）

　茶碗酒を飲みながら、兵庫はそう思った。三人が深川の材木商『武蔵屋』に押し込んで金をうばったあと、家に火をかけて『武蔵屋』一家を皆殺しにしてくれれば、七年前の復讐の一つが遂げられる。そのあと三人がどうなろうと、知ったことではなかった。三人はそれぞれの郷里(くに)に帰って新たな人生の道を歩きはじめるだろう。

　だが、辰之介には新たに踏み出す道はなかった。あるのは過去へのもどり道だけである。

　七年前の過去にもどり、自分を罠にはめた連中をあぶり出して復讐する。ただひたすら、それを目的に修羅(しゅら)の道を突き進むだけである。そのあとのことは何も考えていない。

『武蔵屋』は、深川木場の入船町にあった。

平野川の河畔に二千坪余の広大な木場を所有する江戸屈指の材木商である。

当主は五代目の久兵衛、奉公人は番頭・手代・丁稚のほか、下男下女、木場人足など百数十人を数える。

なまこ塀で囲われた五百坪の敷地内には、二階建て総塗壁の母屋、数寄屋造りの離れ、奉公人の住まい、数棟の土蔵などが立ち並び、母屋と離れの間には手入れの行き届いた植木や巨岩巨石、石灯籠、ひょうたん池などを配した庭がある。さながら大身旗本の屋敷を思わせる豪壮なたたずまいである。

家人はすでに床についたのだろう。母屋の雨戸は閉ざされ、ひっそりと寝静まっている。

と……、庭の植え込みの陰から、音もなく三つの影がわき立った。黒装束の平蔵、武吉、伊左次である。

(行くぞ)

平蔵が目顔でうながした。

(承知)

武吉と伊左次も眼で応える。

植え込みの陰からひらりと飛び出した三人は、猫のように音もなく、身をかがめて母屋に走った。伊左次がふところから匕首を抜きはなち、雨戸の敷居に切っ先を差し込む。平蔵と武吉が左右に立って雨戸を押さえる。伊左次が匕首をテコにして雨戸を押し上げる。音もなくはずれた。

草鞋（わらじ）のまま廊下に上がり込む。廊下の奥にほんのりと明かりがにじんでいる。

足音をしのばせて三人は奥へ歩をすすめた。

奥の部屋の障子に明かりが映っている。有明行燈（ありあけあんどん）（常夜灯）の明かりである。どうやら、その部屋があるじ夫婦の寝間らしい。

平蔵がその部屋の前で足をとめ、障子に手をかけてそっと引き開けた。部屋の奥の蒲団がこんもり盛り上がっている。三人は匕首を抜きはなって部屋の中に侵入した。あるじ夫婦を叩き起こして、金蔵（かねぐら）に案内させようという魂胆（はら）である。

「おい、起きろ」

低く声をかけて、平蔵がやおら蒲団を引きはがした。その瞬間、

（あっ）

と、三人の顔が凍りついた。なんと蒲団の中身は丸めた座蒲団ではないか。

「かかったな、どぶ鼠（ねずみ）どもめ！」

胴間声（どうまごえ）とともに左右の襖ががらりと開いて、龕燈提灯（がんどうちょうちん）のするどい明かりが、三人

の顔面に照射された。意表を突かれて棒立ちになった三人を、抜刀した十人の侍が一瞬裡に包囲した。

「ち、畜生ッ！」

平蔵が猛然と斬りかかる。武吉と伊左次も必死に斬り込んだ。……が、多勢に無勢、しかも相手は武士である。しょせん勝ち目のない闘いだった。

十人の武士たちが白刃を振りかざして容赦なく三人に斬りかかる。

平蔵の顔面が朱に染まった。左顔面がそぎ落とされ、血へどを吐いて倒れ伏した。武吉が悲鳴をあげる。右腕が肩の付け根から斬り落とされていた。その横で伊左次がなます斬りにされて折り崩れる。

倒れた三人にとどめのひと突きをくれると、武士たちはいっせいに刀を引いて、鞘に納めた。それを待っていたかのように、隣室の暗がりから、一人の武士がうっそりと姿を現し、三人の死体に冷やかな視線を投げながら、

「ご苦労」

といって、

「武蔵屋、終わったぞ」

背後に声をかけた。

奥からおそるおそる出てきたのは恰幅のよい初老の男――『武蔵屋』のあるじ久兵

衛である。

「お手数をおかけいたしました。死骸は奉公人に片づけさせますので、みなさまは離れのほうへ」

と、武士たちを案内して部屋を出ていった。

離れには、豪勢な酒肴の膳部がととのえてあった。

「稲村さまの読みがずばり的中いたしました。おかげで命びろいしましたよ」

久兵衛が酌をする。稲村と呼ばれたその武士は公儀目付の稲村外記である。十人の武士は稲村の配下の徒目付だった。島抜けした五人の中に香取辰之介がいると知ったとき、稲村は直観的に、

「武蔵屋がねらわれる」

と思い、すぐさま『武蔵屋』に十人の徒目付を張りつかせたのである。久兵衛のいうとおり、たしかにその読みは的中したのだが……、

「しかし」

と、苦い顔で稲村は首をふった。

「香取辰之介は現れなかった。まだまだ油断はならんぞ」

「はあ」

久兵衛の顔も苦い。

「現にやつは源蔵を殺している。次にねらわれるのは間違いなく、そのほうだ」

「それはもう重々承知しております。手前どもも決して手をこまねいているわけではございません」

　市中の浪人を雇い入れて、島抜け一味の行方を探させているところだった。だが、その浪人どもが目黒の百姓家で兵庫に斬殺されたことを、久兵衛はまだ知らなかった。

「いずれにしても、香取が生きているかぎり警護の手をゆるめるわけにはいかん。もうしばらく配下の者をここにおいておこう」

「ご厚情ありがとう存じます。ご面倒をおかけいたしますが、今後ともひとつよしなに……」

　といって、久兵衛はさり気なく稲村の手に金包みを手渡した。


　翌日の午下(ひるさ)がり、兵庫は刈谷軍左衛門の組屋敷に呼び出され、島抜けの平蔵、武吉、伊左次の三人が公儀目付配下によって殺害されたことを知らされた。

「肥後細川家も納得したそうだ。これで藩の面目も立ったとな」

　茶をすすりながら、軍左衛門がいった。

　囲炉裏(いろり)をはさんで、向かい側に兵庫が座っている。

「つまり、一件落着ということですか」

「うむ。もうこの件からは手を引いてよい、と石見守さまはおおせられている」

「…………」

兵庫は釈然とせぬ顔で沈黙した。肥後細川家が納得しようがすまいが、これで事件が解決したわけではない。むしろ謎はますます深まったといっていい。

――公儀目付は、なぜ島抜けの三人が『武蔵屋』に押し込むことを知っていたのか？　それも不可解だったし、七年前の香取辰之介の心中事件の真相も未解明である。ここで探索を打ち切ればすべてが謎のまま闇に葬られる。なんとも割り切れない気持ちだった。

「何か不満でもあるのか？」

軍左衛門が探るような眼で見た。

「いえ、べつに……」

「隠さんでもよい。七年前の心中事件を探っているそうだな」

「ご存じでしたか」

「勘兵衛から話は聞いた。わしもあれは罠だと思う」

「罠を仕組んだのは源蔵という地回りです」

「ほう」

「そこまでは突きとめたのですが……」

言葉を切って、軍左衛門の顔を正視した。訴えるような眼をしている。

「その先が見えぬか」

「源蔵は殺されました。香取辰之介の仕業なのか、仲間に口を封じられたのか。……いずれにしても源蔵の背後には黒幕がいるはずです。そいつの正体を突きとめないかぎり、一件落着というわけには……」

「わかった」

軍左衛門が深くうなずいた。飲み終えた湯飲みをことりと囲炉裏のふちに置き、

「年内の将軍家の鷹狩りは御停止（ちょうじ）になったそうだ。しばらくの間、おぬしと勘兵衛と新之助は本務からはずす。引きつづき探索に専念してくれ」

兵庫の顔に笑みが浮かんだ。

「〝影御用〟のお墨付きをくださると？」

「うむ。心おきなくやってくれ」

「ありがとうございます」

深々と一礼して、兵庫は退出した。

千駄木の御用林をぬけて、自宅の門前にさしかかったとき、背後に迫る足音を聞いて、兵庫はけげんそうにふり返った。狭山新之助が足早に追ってくる。

「おう、新之助」

「お宅にうかがおうと思っていたところです」

「おれに何か用か？」

「意外なことがわかりました」

歩きながら、新之助がいった。

「七年前の三ツ股の埋め立て工事に不正があったそうです」

「不正、……というと？」

「材木商の『武蔵屋』が埋め立て用の丸太杭（まるたぐい）の寸法をごまかして納入していたとか……、それを調べていたのが、当時普請改方（ふしんあらためかた）をつとめていた香取辰之介だったそうです」

「なるほど……」

兵庫の眼がきらりと光った。

香取辰之介が命がけで島抜けをした理由が、これでわかった。七年前の復讐である。手はじめに血祭りにあげられたのが、地回りの源蔵であることは、もはや疑いのない事実だった。平蔵、武吉、伊左次の三人を『武蔵屋』に押し込ませたのも、香取の差し金だったに違いない。

「新之助」

「はい」

「三ツ股の埋め立ては幕府直轄の大普請だ。不正に関わっていたのは『武蔵屋』だけではあるまい」

「ええ、森田さんもそのへんのところを調べています。また何かわかったら、すぐお知らせにまいります」

いいおいて、新之助は小走りに去った。そのうしろ姿を見送りながら、

「復讐か……」

兵庫はぼそりとつぶやいた。

香取辰之介は島抜けの大罪を犯したお手配者である。公儀の探索方や町奉行所が江戸市中に追捕の網を張りめぐらせているし、『武蔵屋』一味も必死に香取の行方を追っているに違いない。一刻もはやく香取の行方を探し出して救援の手を差しのべなければ、七年前の事件の真相はふたたび闇に葬られるであろう。

——急がねばならぬ。

兵庫の胸に焦燥感がこみあげてきた。

4

その日の夕刻。

塗笠をまぶかにかぶった香取辰之介が、本所常願寺の山門を足早にくぐっていった。

方丈の玄関の引き戸を開けると、辰之介は塗笠をはずして廊下に上がり、奥の庫裏に向かった。襖の前で足をとめて、

「照円さま」

と声をかけると、

「おう、帰られたか。お入りなされ」

照円の声が返ってきた。襖を引き開けて中に入る。文机に向かって写経をしていた照円が、ゆっくり筆をおいてふり向いた。心なしか辰之介の顔が蒼ざめている。

「どうなされた？」

「仲間が公儀目付に殺されました」

「なんと……！」

絶句したまま、照円は静かに眼を閉じて、合掌した。

「つい先ほど、瓦版で知ったのです」

「………」

「いずれ、ここへも探索の手が回るでしょう。これ以上、照円さまにご迷惑をおかけするわけにはまいりません。この場かぎりでお暇させていただきます」

照円が静かに眼を開けて、辰之介の顔を見た。

「ここを出てどこへ行かれる?」

「しばらく市中の安宿に身をおこうかと……」

「本来ならお引き止めしたいところだが、辰之介どのの身を案じるなら、無理に引き止めるわけにもまいりますまい」

そういって、照円はかたわらの文箱を引き寄せ、中から切り餅(二十五両)を取り出して辰之介の膝前に差し出した。

「些少だが、これをお持ちなされ」

「いえ、そのようなお心づかいは……」

「坊主のいう言葉ではないが、地獄の沙汰も金しだいと申すからのう」

と、微笑いながら、

「遠慮なくお納めくだされ」

辰之介の手に切り餅をにぎらせた。

「では、お言葉に甘えて。……ご恩情は生涯忘れませぬ」

「くれぐれも御身大事にな」

「照円さまもご健勝で」

切り餅をふところにすると、辰之介は深々と一礼して腰を上げた。

表には薄墨を刷いたような夕闇がただよっていた。

辰之介は塗笠のふちを引いて面を隠し、足早に参道を抜けた。

山門をくぐったところで、辰之介はふいに足を止めた。夕闇の奥に突き刺すような殺気がみなぎっている。長脇差の柄に手をかけた瞬間、

「香取辰之介だな」

くぐもった陰気な声がして、左の老杉の陰から浪人者が姿を現した。塗笠の下の辰之介の眼がちらりと動いた。右方の銀杏の老樹の陰から、べつの浪人者が歩を踏み出してきた。

「おぬしたちは……？」

「名乗るほどの者ではない」

右の浪人がいった。これも陰気な塩辛声である。

「おれに何の用だ」

「死んでもらおう」

「刺客か……。誰に頼まれた」

「それもいえぬ」

右方の浪人が刀を抜いた。体は細いが、動きに隙がない。構えた剣尖にもするどい気がこもっている。かなりの手練と見えた。

左の浪人も刀を抜いて中段に構えた。肩の肉が厚く、首が太い。刀の構えにするど

さはないが、膂力は強そうだ。両者との距離は三間ほどに迫っていた。右片手持ちの構えである。

辰之介も長脇差を抜いて、刀刃を上に向け、水平に構えた。

左手には鞘の栗形から抜き取った笄を持っている。むろん、二人の浪人には見えない。左足を半歩引いて半身に構えた。

左右の浪人が足をすりながら迫ってくる。二間の間に詰めてきた。

辰之介は、水平に構えた長脇差をすっと下へ下ろし、地擦りの構えをとりながら、油断なく左右の浪人の足の動きを見守っていた。後の先を取る作戦である。

左の浪人の右足が間境を越えた。同時に無声の気合を発して、斬り込んできた。

一寸の見切りでそれをかわし、長脇差の峰ではね上げた。そのとき、辰之介の眼のすみに右の浪人の影がよぎった。刀をはね上げながら、左手に持った笄をその影に投げつけた。

「ひぃッ」

笄が右の浪人の眼に突き刺さった。それを見て左の浪人が一瞬たじろいだ隙に、辰之介はすかさず切っ先を返して、袈裟がけに斬り下ろした。

ざざっ、と血が飛び散る。胸板を切り裂かれた浪人は、丸太のように音を立てて地面にころがった。辰之介はすぐさま体を反転させた。

もう一人が右眼に突き刺さった笄を片手で引き抜き、血まみれの形相で迫っていた。辰之介は左に跳んだ。浪人から見れば右側である。つまり見えない右眼の死角に入ったのだ。

浪人の刀が空を切った。上体が突んのめり、顎が上がる。そこを横に薙いだ。ぶつっと頸の血管が裂けて、血が噴き出した。数歩よろめいて浪人は前のめりに倒れた。辰之介は血脂のついた長脇差を鞘に納めず、そのまま地面に投げ捨てた。八丈島の地役人の家から盗んだ安物の長脇差である。二人を斬って刃こぼれがしていたし、目釘もゆるんでいた。これではとうてい使い物にならない。倒れている浪人の手から刀をもぎ取り、腰の鞘を引き抜いて納刀すると、ついでに浪人の小刀もいただいて足早にその場を立ち去った。

四半刻後……。

辰之介は、日本橋馬喰町の雑踏の中を歩いていた。

馬喰町には旅籠や商人宿、木賃宿などが密集している。陽が落ちると、地方から出てきた者たちが、一夜の宿りを求めてこの町に続々と集まってくる。

〈馬喰町　天水桶へ　たれられる〉

とは、軒先の天水桶を肥桶と間違えて小便をする田舎者を揶揄した川柳である。

旅人宿のほかに、訴訟のために近郷近在から出てきた人々を泊める「公事宿」というのもあった。訴訟の手続きを代行してくれる公事師（いまでいう弁護士）を置いた宿である。

暮六ツ（午後六時）をすぎて、馬喰町の賑わいはたけなわに達していた。

旅籠の留女（とめおんな）たちが甲高い声を張り上げて客の袖を引いている。それを冷やかしている酔っぱらいもいれば、旅籠代を値切っている行商人もいる。

辰之介は、辻角にある『雁金屋（かりがね）』という旅籠の前で足を止めた。さほど大きくはないが、客引きの留女も置かず、落ちついた雰囲気の旅籠である。のれんを分けて中に入ろうとした瞬間、辰之介は反射的に踵（きびす）を返して、路地角に身を隠した。

中から武士が出てきた。装（な）りから見て町奉行所の同心に違いない。同心のあとには岡っ引らしい男がついている。二人は『雁金屋』を出ると、すぐとなりの旅籠に入って行った。

（宿改めか……）

塗笠の下の辰之介の眼が険しく曇った。どうやらこの町にも探索の手が回っているようだ。

表通りを避けて、路地の暗がりを歩き、馬喰町を出た。

どこへ、という当てもなく北に足を向ける。七年前、辰之介は湯島天神下の組屋敷に住んでいた。無意識裡に足がそこへ向かっていた。

湯島の切り通しに出た。閑静な武家屋敷街である。道の両側に幕臣の小屋敷が軒をつらねている。七年前と変わらぬ懐かしい景色だった。

辰之介は、町の一角にある屋敷の木戸門の前で足を止めた。門扉がかたむき、山茶花（さざんか）の生け垣は伸び放題、庭には背丈ほどの雑草が生い茂っている。まるで幽霊屋敷のように荒れていた。

胸に迫るものがあった。

辰之介が島送りになったあと、妻の静江はこの組屋敷で自害した。照円の話によれば、亡骸（なきがら）は二日間放置されたままになっていたという。その悲惨な死を思うと、いまさらながらに自分を卑劣な罠にはめた連中への怒りが、ふつふつと胸にたぎってくる。

（静江、おまえの無念は、おれが必ず……、必ず晴らしてやる）

門前にそっと手を合わせて、辰之介は背を返した。


同じころ……。

上野池之端仲町の小料理屋『如月（きさらぎ）』の店内に、乾兵庫の姿があった。

めずらしく店は混んでいる。いつもの小座敷には別の客がいた。

兵庫は戸口ちかくの卓で手酌でやりながら、こま鼠のように立ち働くお峰の姿をぼんやり眼で追っていた。視線に気づいて、お峰がふり返り、混み合った卓の間をぬうようにして、兵庫の席に歩み寄った。

「お酒、お持ちしましょうか」

「いや、まだいい」

「ごらんのとおり立て混んでいるので、お酌もして上げられませんけど……、ゆっくりしていってくださいね」

「おれのことは構わんでいい。おっつけ以蔵がくるはずだ」

「あら、以蔵さんとお待ち合わせなんですか」

やや落胆したような口ぶりである。

「お仕事のこと？」

「まァな」

と、そのとき、がらりと引き戸が開いて客が入ってきた。

「いらっしゃいまし」

背の高い浪人である。浅黒く日焼けした顔、そげた頬に不精ひげを生やし、凄味をおびた風貌をしている。兵庫はちらりとその浪人を見たが、むろん、香取辰之介であることは知るよしもない。辰之介は、戸口に立って店内を見回している。

「相席させてもらっていいかしら？」

お峰が小声で兵庫に訊いた。

「うむ」

「すみませんねえ」

といって背を返し、

「お客さま、どうぞ、こちらへ」

と兵庫の卓に案内する。辰之介がつかつかと歩み寄り、兵庫に目礼して腰を下ろした。

「お酒にいたしますか」

「ああ、冷やで二本。肴はいらん。猪口の代わりに湯飲みをたのむ」

「承知いたしました」

お峰が板場のほうへ去った。

手酌でやりながら、兵庫はさり気なく辰之介の様子をうかがった。

江戸には、その日暮らしの貧乏浪人が五万といる。その大半は、みずから武士の矜持を投げ捨てて安逸遊堕に流された、いわば負け犬たちばかりである。

だが、兵庫の前にいる浪人の印象は違った。負け犬の眼ではない。双眸の奥に殺気を感じさせるほど、意志的でするどい眼光がたぎり、浅黒く日焼けした体からは、棘のような闘気が放射されている。ただ者ではない、と兵庫は思った。

辰之介は視線をそらすように横を向いている。そこへ、

「お待たせいたしました」

お峰が酒を運んできた。

辰之介は徳利の酒を湯飲みになみなみとついで、なめるようにゆっくり飲んだ。そして二杯目をつぎ、今度は一気に喉に流し込んだ。よほど酒に飢えていたのであろう。飲みほすと同時に、思わず、

「うまい」

と、低く独語した。それを見て兵庫が、

「灘の下り酒ですよ」

笑顔で声をかけた。

「道理で……」

辰之介も白い歯を見せてちらりと微笑った。が、すぐにその笑みは消えた。兵庫の声に聞き覚えがあったからである。いつぞや地回りの源蔵の家から出てきた侍の声だった。暗がりで顔は見えなかったが、あのときの声は鮮明に憶えている。

一瞬、辰之介の顔に緊張が奔った。

だが、考えてみれば、相手は自分のことを知らないはずだ。警戒すればかえって怪しまれると思い、素知らぬ顔で酒を飲みつづけた。

兵庫も黙って飲んでいる。何となく気まずい沈黙が流れた。

二本目の徳利を飲みほすと、辰之介はお峰を呼び寄せて酒代を払い、

「ごめん」

兵庫に一揖して足早に出ていった。そのとき、辰之介の袴の裾にわずかに血がにじんでいるのを、兵庫は見逃さなかった。すかさず立ち上がり、

「すぐもどってくる。以蔵がきたら待たせておいてくれ」

と、お峰にいいおいて店を出た。

5

盛り場の人混みをぬいながら、兵庫は辰之介のあとを追った。
五、六間先に塗笠をかぶった辰之介の姿がある。不忍池のほうへ向かってゆっくり歩を進めている。
池の畔に出たところで、辰之介は左に曲がった。その道は一丁ほど行くと池に沿って右に大きく湾曲している。左の町屋は茅町である。しだいに人の往来も少なくなった。

茅町二丁目にさしかかったとき、ふいに辰之介の姿が兵庫の視界から消えた。二丁目の角の路地を左に曲がったらしい。あわてて兵庫は走った。

二丁目の角を曲がって、路地に飛び込んだ瞬間、

（あっ）

と、息を飲んで、兵庫は立ちすくんだ。

路地の暗がりに塗笠をかぶった辰之介が立ちはだかっている。

「拙者に何か？」

「いや、なに……」

さすがに狼狽（ろうばい）の色は隠せなかった。

「おぬしの名を聞いておこうと思ってな」

「それを聞いてどうする？」

「島抜けをした浪人がいる。念のための改めだ」

「公儀の探索方か」

「鳥見役の乾と申す。……おぬし、人を斬ってきたな？」

「……………！」

辰之介の塗笠がぴくりと動いた。

「袴に血がついているぞ」

「野良犬がからみついてきたので、斬り捨てた。鳥見役に詮索（せんさく）されるいわれはない。

ごめん」

にべもなくいって踵を返した。その背中に、

「香取辰之介」

兵庫の声が突き刺さった。辰之介の足がぎくりと止まった。

「島抜けした浪人の名だ。心当たりはないか」

「知らぬ」

「その浪人は罠にはめられて島送りになった。おれが知りたいのは、その事件の真相だ」

「あいにくだが拙者には関わりない」

「ならば、なぜ名乗らんのだ？」

「その応えは……、これだ！」

ふり向きざま、辰之介は抜きつけの一刀をはなった。

間一髪、兵庫はうしろに二間ほど跳んで、切っ先をかわした。勢いあまってわずかによろめいた。その隙に辰之介は脱兎の勢いで走り去った。兵庫が態勢を立てなおしたときには、もう辰之介の姿は路地の奥の闇に消えていた。おそろしく速い逃げ足である。

追っても無駄だと思い、兵庫はあきらめた。

『如月』にもどると、以蔵がきていた。先刻より店は空いている。

「何かわかったか？」

腰を下ろすなり、兵庫が訊いた。

「へい。香取家の菩提寺を突きとめやした」

「寺か」

「本所三ツ目の常願寺です。つい先ほどその寺の様子を見に行ってきたんですがね。大変な騒ぎが起きてやしたよ」

「何があったのだ？」

「浪人が二人、殺されたそうで」

「浪人？」

一瞬、兵庫の脳裏に目黒の百姓家での事件がよぎった。

「町方の役人が寺の住職にあれこれと訊いてやしたが、住職はまったく心当たりがねえといっておりやした」

「そうか……」

二人の浪人を殺したのは、香取辰之介と見て間違いないだろう。さっきの浪人の袴の裾に付着していた血が気になった。あの浪人が香取だとすれば、もう二度と常願寺にはもどらないだろう。

「ほかに身を寄せるようなところはねえのか」

「遠い親類はいるんですがね。お尋ね者を匿うようなやばい真似はしねえでしょう」

「うむ」

苦い顔で、兵庫はうなずいた。

「また振り出しにもどっちまったようだな」


（鳥見役か……）

闇に塗り込められた路地を歩きながら、辰之介は思案していた。

幕府に鳥見役という役職があることは知っていたが、彼らが「隠密」の役割を担っていることは、辰之介も知らなかった。

鳥見役にかぎらず、幕府には一般の幕臣には知らされていない秘密の職制がいくらでもあった。たとえば目付配下の黒鍬之者、徒押、表火之番衆、将軍直属の御庭之者など、彼らはすべて「隠密」というもう一つの顔を持っている。

（鳥見役がなぜ七年前のあの事件を……？）

辰之介にとっては当然の疑問だった。しかも、あの侍は辰之介のことを「罠にはめられて島送りになった」のだといい、

「おれが知りたいのは、その事件の真相だ」

ともいった。どう考えても公儀の探索方の言葉とは思えない。

それに自分を捕縛するつもりなら、わざわざ名を聞く必要はないだろう。聞かれて本名を名乗るお尋ね者はいまい。まず捕縛して牢屋敷に連行し、それからじっくり吟味するのが探索方の常道である。

そう考えると、乾と名乗ったあの侍は「敵」ではないような気がしてきた。

前方にちらほらと町灯りが見えた。上野山下の盛り場の灯りである。

東叡山の東側の麓にあたる上野山下には、「けころ」と称する私娼を抱えた茶屋が百軒以上あった。ちなみに「けころ」という呼び名は「蹴転ばし」の意味で、「稽古路」「軽転」「毛娯呂」などの字が当てられた。どんな客とでも転ぶ（寝る）ところから由来したという。

上野山下の「けころ」の遊び代は、チョンの間が二百文、泊まりが二朱（五百文）、江戸でも格安の遊所として知られていた。ただし、表向きはあくまでも茶屋をよそっているので、遊び客は必ず酒食を注文しなければならない決まりになっていた。

その酒がべら棒に高かった。銚子一本が二百文である。つまり酒を一本飲んでチョンの間遊びをすると四百文になる勘定だ。さらに遊びの延長（「お直し」という）をすると、そのつど二百文の銚子を追加しなければならなかった。結局は高い遊びについたのである。

下谷二丁目の、俗にいう「仏店」の路地にさしかかったときだった。

突然、女の悲鳴がひびき、前方の闇に人影がわき立った。

眼をこらして見ると、若い女が髪を振り乱して、転がるように走ってくる。その七、八間後方に三つの影が迫っていた。

「お、お助けください！」

辰之介の姿に気づいて、女が駆け寄ってきた。歳のころは二十一、二。一見してこの界隈の「けころ」とわかる風体をしている。

「どうした？」

「捕まったら殺されます。お願いです。お助けください！」

女が必死の形相で辰之介の腕にすがりついた。「けころ」にしては清楚で品のいい顔をしている。追ってきた三つの影が辰之介の前に立ちはだかった。いずれもこの界隈のやくざ者らしい凶悍な面がまえをした男たちである。

「女を渡してもらおうか」

一人がいった。恫喝するような野太い声である。

「この女はおれがもらい受けた」

「なに！」

「ふざけやがって！」

一人が匕首を引きぬいて、いきなり突きかかってきた。一瞬はやく、辰之介の刀が鞘走った。匕首をにぎったまま、男の右手首が両断され、宙を飛んでいった。その間に二人の男が匕首を引きぬいて左右に跳んだ。

辰之介は、女の手をとって背後に押しやり、腰の小刀を抜きはなった。左右二刀の構えである。翼をひろげるように両刀を外に突き出した。

「野郎ッ」

左右の男が、ほぼ同時に地を蹴った。

転瞬……、
辰之介は地を這うように低く身を屈しながら左右の二刀を横に払い、そのまま体を一回転させて、二間前方の地面に立った。

二人の男の膝がガクンと折れて、まるで抱き合うような恰好でその場にへたり込んだ。二人とも膝から下が異様な形で屈曲していた。脛を断ち切られたのである。

うめき声をあげて三人の男が地面をのたうち回っている。截断された傷口から音を立てて血が噴き出していた。あたり一面血の海である。このまま放っておけば、いずれ血を失って死んでいくだろう。

辰之介は、両刀の血ぶりをして鞘に納めると、首をまわして背後をふり返り、おびえるように立ちすくんでいる女に、

「行こう」

と、声をかけて歩き出した。女はよろめくような足取りであとについた。

仁王門前町に出た。不忍池の池面に華やかな灯影がゆらいでいる。弁天島の参道に立ち並ぶ出逢茶屋の灯りである。

上野の山は、徳川将軍家の菩提寺・寛永寺の寺領である。総面積十七万坪、じつに東京ドーム十二個分の広さである。山号の「東叡山」は、京都の比叡山に模して名付けられたという。また琵琶湖になぞらえて造られたのが不忍池であり、竹生島に見立てて造られたのが弁天島である。

その弁天島の参道に、いつのころからか、仏罰も恐れず出逢茶屋が立ち並ぶようになり、男女の密会場所として繁盛するようになった。

辰之介が足を止めたのは、『夕月』という出逢茶屋の前だった。宿代わりに今夜はこの出逢茶屋に泊まるつもりである。女連れなら怪しまれる恐れはない。

「わけあって、町中の旅籠には泊まれんのだ。すまんが付き合ってくれ」

「…………」

一瞬ためらいながら、女はこくんとうなずいた。

第三章　第二の疑惑

1

酒を運んできた仲居に心付けを渡し、辰之介は手酌で飲みはじめた。

部屋のすみに、女が身を固くして座っている。

「おまえの名を聞いておこうか」

女に背を向けたまま、辰之介が訊いた。

「美代と申します」

蚊の鳴くような細い声が返ってきた。

「歳は？」

「二十一です」

辰之介の脳裏（のうり）にふっと妻・静江の面影がよぎった。辰之介が島送りになったとき、妻の静江も二十一だった。生きていれば今年二十八になる。

どんな女になっていただろうか、と思う。だが、二十八になった妻の顔は想像もできなかった。辰之介の心の中にある静江は、いまも二十一のままなのだ。色がぬけるように白く、目鼻立ちのととのった清楚な美人だった。

あらためてお美代の顔を見ると、どことなく妻に似ているような気がする。この女に事実を告げておこうと思った。

「おれの名は香取辰之介。公儀のお尋ね者だ」

ハッとお美代が顔をあげた。驚くというより、信じられぬような眼をしている。

「どうやら、おまえもわけありのようだな」

「………………」

お美代はとまどうように眼を伏せた。よほど深い事情があるのだろう。

「よかったら、くわしい話を聞かせてもらえんか」

「はい」

と、小さく応えて、ぽつりぽつりと語りはじめた。

お美代は、深川相川町の廻船問屋『湊屋』の一人娘だった。

『湊屋』は五百石積みの弁才船を二艘持つ中規模の廻船問屋で、おもに上方から酒や醤油、味噌などの樽物を廻漕していた。

ところが二年前（安永六年）の夏、持ち船の一艘が大時化にあって沈没し、船荷の弁済や新船の建造費などで莫大な借金をかかえてしまったのである。

そのとき、資金援助をしてくれたのが、深川入船町の材木商『武蔵屋』だった。

「でも……」

と、言葉を切って、お美代は唇を嚙んだ。見開いた眼に怨嗟の光がこもっている。

「それがかえって命取りになってしまったんです」

「というと？」

「商いがようやく立ち直ったところへ、『武蔵屋』さんが乗り込んできて、借金のカタにこの店を明け渡せ、と……」

「まるで乗っ取りだな」

「『武蔵屋』さんのねらいは、はじめからそれだったんです」

しかもその直後に、父親の宗右衛門が問屋仲間の寄り合いの帰りに、誤って掘割に落ちて死亡するという事故が起きた。それも『武蔵屋』が仕組んだ策謀かもしれません、とお美代は声をふるわせていう。

「ふだんから病気がちだった母も心労のために、父が死んだ十日後に心の臓の発作で、あっけなくこの世を去りました」

「それで仕方なく店を明け渡した、というわけか」

「ええ、でも……」

と、一瞬声をつまらせて、

「それだけではなかったんです。『武蔵屋』さんに出入りしている源蔵という男が突然店にやってきて、借金のカタに身売りしろと」

「源蔵？……三ツ股の地回りか？」

「はい」

源蔵はその場で女衒にお美代を売り飛ばした。その女衒に連れて行かれたのが、上野山下の岡場所だったのである。その日からお美代は客を取らされた。

それからの二年間は、まさに生き地獄だった。明けても暮れても淫欲の道具として男たちに肉体を蹂躪される日々。いっそ死んでしまおうかと思ったが、四六時中、監視の眼が光っているので、自死することもままならなかった。

絶望は、いつしか諦念に変わっていた。

――どうにでもなるがいい。

そう思って開き直ったとたん、監視の眼がゆるみはじめた。お美代の身辺に影のようにつきまとっていた男たちの姿が消えたのである。そのときからお美代はひそかに「生き地獄」から脱出することを考えはじめた。

そして今夜、待ちに待ったその機会がやってきた。客が酒を飲んで寝込んだ隙に、茶屋の二階の出窓に帯をかけて脱出したのである。

　だが、表通りに出たところで、監視の男たちにすぐ見つかってしまった。捕まれば手ひどい折檻(せっかん)を受ける。へたをすれば殺されかねないのだ。お美代は死に物狂いで逃げた。たまたまそこに通りかかったのが、辰之介だったのである。

「香取さまのおかげで助かりました。ありがとうございます」

　お美代は両手をついて頭を下げた。

「礼にはおよばぬ」

　といって立ち上がると、辰之介は次の間の襖(ふすま)を引き開けた。

　二つ枕の蒲団がしきのべてある。枕を一つ取ってもどってきた。

「疲れているだろう。おまえはとなりの部屋で寝るがいい」

「香取さまは？」

「おれはここで寝る」

「でも、お蒲団が……」

「蒲団はいらぬ。……風呂に入ってくる。おれにかまわず先に寝(やす)んでてくれ」

　いいおいて、辰之介は部屋を出て行った。

　風呂場は一階の中廊下の突き当たりにあった。

　引き戸を開けて中に入る。四畳ほどの板敷きの脱衣場になっている。衣服を脱いで、正面の板戸を引く。出逢茶屋の湯船は、男女二人が入れるように一般の据風呂（内風呂）よりやや大きめになっている。

手桶で湯を浴びて、湯船に体を沈める。時間が遅いせいか、湯はぬるい。

湯につかりながら、辰之介はお美代の身の上話を反芻していた。

（奇妙な縁だ）

源蔵という一介の破落戸のために人生を翻弄された男と女が、広い江戸の片すみで偶然出会い、こうして同じ屋根の下で一夜を明かす。まさに奇縁だった。偶然のなせるわざ、といってしまえばそれまでだが、何か見えぬ力が二人を引き合わせたような気がしてならなかった。

湯船を出て、糠袋で体を洗いはじめたときである。

がらりと引き戸が開いて、お美代が入ってきた。

その姿を見て辰之介は瞠目した。そしてひどく狼狽した。お美代が全裸だったからである。白い裸身が眼にしみるほどまぶしい。意外に胸がゆたかで、腰まわりの肉づきもいい。

お美代は辰之介の背後にひざまずいて、

「お背中をお流しします」

といった。

「気づかいは無用だ」

「何のお礼もできませんので、せめてこれぐらいのことは……」

そういって辰之介の手から糠袋をとると、背中をこすりはじめた。男の体のすみずみまで知りつくした女である。その手つきは絶妙だった。一方の辰之介は、七年間も女の肌に触れていない。お美代に淫らな感情をいだいたわけではなかったが、無意識裡に体の一部が反応していた。

糠袋をこするたびに、お美代の乳房が背中にふれる。そのやわらかい感触が辰之介の情欲を刺激した。股間の一物がむくむくと首をもたげてくる。

辰之介は困惑した。お美代に気どられまいと必死にこらえたが、その部分はまるで別の生き物のように猛々しく怒張してくる。思わず手で抑えようとすると、お美代が背後から腕を伸ばして、その手をそっと払いのけ、一物をつまんだ。

ぴくん。

と辰之介の体がふるえた。首すじにお美代の熱い吐息が吹きかかる。辰之介の背中に抱きつくようにして、お美代はしなやかな指で一物をしごきはじめた。

「う、うう……」

辰之介の口から期せずしてうめき声が洩れた。

お美代の指の中で一物が猛り狂っている。ふぐりがふくれ上がり、溜まりに溜まったものが、いまにも爆発しそうに脈打っている。

「いかん！」

辰之介は思わず腰を浮かせた。お美代の指からするりと一物が抜けた。

「こんなつもりで、おまえをここに連れてきたわけではない」

振り向いていった。精一杯の虚勢であり、照れである。下心があったと思われるのは本意ではない。

お美代は洗い場にひざまずいたまま、すくい上げるような眼で見あげ、

「わたしのような汚れた女を抱くのは、お嫌ですか」

悲しげにいった。

「おれも汚れている。三人の男を斬った。血で汚れたこの手でおまえを抱くわけにはいかんのだ」

「あの男たちは人間ではありません。けだものです。斬られて当然の男たちなんです」

「おまえの気持ちはわかるが、礼のつもりならやめておこう」

「わたしは……」

切なげに辰之介を見上げて、

「香取さまに抱かれたいのです」

いうなり、萎（な）えかけた一物を指でつまんで、口にふくんだ。

辰之介は立ちはだかったまま、黙って見下ろしている。お美代の頭が激しく動く。舌先で一物の先端をねぶり、口にふくんで出し入れする。一物がふたたび屹立しはじめた。

心とは裏腹に、体の底からわき立つ欲情は限界に達していた。

「お美代」

ぐっと腰を引いた。お美代の口から一物がはずれた。

そのまま洗い場に押し倒す。お美代は大きく脚を開いて仰向けに倒れた。薄い秘毛のあいだから珊瑚色の切れ目がのぞいている。辰之介はお美代の両足首をつかんで高々と持ちあげた。秘孔が丸見えになる。怒張した一物をひとしごきして一気に突き差した。

「あっ」

と、小さな声を発して、お美代がのけぞった。辰之介の腰が激しく律動する。もはや自制心はなかった。七年間の禁欲生活が一気に爆発した。結合したまま、お美代の上体をかかえ起こし、乳房をもみしだき、食らいつくように乳首を吸う。

あまりの激しさに、お美代はわれを忘れて、牝猫のようによがり声をあげた。髪をふり乱し、辰之介の背中に爪を立てながら、半狂乱で身悶えする。

「は、果てる！」

あわてて一物を引き抜いた。同時に白い淫液が洗い場一面に飛び散った。

辰之介は尻餅をつくように腰を落とし、そのまま仰向けになって全身で大きく息をついた。精をはなった一物がひくひくと脈打っている。

お美代が体を起こして、手桶で湯船の湯を汲み、

「体が冷えますよ」

と辰之介の体に湯をかけた。辰之介は眼を閉じたまま、洗い場に大の字になっている。その上にお美代がおおいかぶさるように体を重ね、辰之介の分厚い胸板に舌を這わせた。両の乳房がちょうど一物をはさむような形になっている。

お美代は両手で乳房をかかえ、その谷間に一物を包み込んで、下から上へとすり上げた。萎えかけた一物がふたたび怒張してくる。これも岡場所で仕込まれた性技なのだろう。一物をつたって、えもいわれぬ快感がこみ上げてきた。

お美代が腰を上げ、辰之介の下腹部をまたぐようにして立った。そして、ゆっくり腰を落とす。垂直にそそり立った一物がお美代の壼に深々と埋没していった。

2

翌日の夕刻。

深川入船町の船宿『たつみ』の二階座敷に、森田勘兵衛の姿があった。

窓ぎわに胡座して、煙管をくゆらせながら、わずかに開いた障子窓からじっと表の様子をうかがっている。通りをはさんで斜め向かいに材木商『武蔵屋』の店がある。その距離は十間も離れていない。店の様子が手にとるようによく見えた。

張り込みをはじめてから四日ほどたっていた。船宿の亭主には海鳥の観察をするための泊まり込みだといってある。この四日間、『武蔵屋』の動きに不審な様子はなかったし、怪しげな人間の出入りもなかったが、勘兵衛は根気よく張り込みをつづけていた。

すでに陽が没して、西の空が茜色に染まっている。

ややあって、『武蔵屋』の奉公人たちの動きがにわかにあわただしくなった。

店じまいをはじめたようだ。法被を着た若い衆が荷物を運び込んだり、店先を掃いたり、大のれんを下ろしたり、せわしなげに立ち働いている。

そんな様子をぼんやり眺めながら、煙管の火を煙草盆の灰吹きに落とし、二服目の煙草をつめようとしたとき、背後の襖が開いて、狭山新之助が入ってきた。

「どうですか」

「いまのところ変わった様子はない」

「団子を買ってきました。一服つけませんか」

と、紙包みを開いた。串に刺した焼団子が入っている。勘兵衛が手を伸ばして取った。

「先日乾さんが香取辰之介らしき浪人者に会ったそうです」

「ほう」

勘兵衛は団子を頬張り(ほおば)ながら、

「で、どうした？」

と、訊き返した。

「名を訊ねたら、いきなり斬りかかってきたそうです」

「結局、捕り逃がしたってわけか」

「ええ」

「ふふふ、あいつもまだまだ未熟だな」

勘兵衛は苦笑した。兵庫は剣の腕では刈谷軍左衛門配下中、右に出る者はいない。だが、鳥見役としては、まだ三カ月足らずの新米である。老練の勘兵衛の眼から見れば、はなはだ心もとない存在であることはたしかだった。

そのとき大戸が下ろされる音がした。

「今日も収穫なしか……」

つぶやきながら、障子窓の隙間から表を見た勘兵衛の顔がふいに強張(こわば)った。

「久兵衛が出かけるぞ」

「え」

新之助も窓ぎわに跳んで表を見た。

『武蔵屋』のくぐり戸から、あるじの久兵衛が出てきた。手に袱紗包みを下げている。そのあとに四人の侍がついていた。公儀目付・稲村外記の配下の徒目付たちである。四人はするどく通りに眼を配ると、久兵衛をうながしてゆっくり歩を踏み出した。

「何者ですかね。あの侍は……」

「さァな」

勘兵衛が首をひねった。張り込み中に侍の姿を見たことは一度もない。ひそかに裏口から出入りしていたのであろうか。

「新之助、あの連中を尾けてくれ」

「承知」

新之助がひらりと身をひるがえした。

久兵衛と警護の四人の侍は、汐見橋を渡っていった。その七、八間後方を新之助が見え隠れに尾けて行く。

汐見橋を渡るとすぐ右手に三十三間堂が見えた。寛永年間に江戸の弓師が京都の蓮華王院を模して建てたという弓術の稽古場である。

江戸時代を通じて、この弓術稽古場ではさかんに「通し矢」が行われた。三十三間は柱の数である。柱と柱の間は二間なので、実際には六十六間（約百十八メートル）あった。その六十六間先の的を射ぬく競技を「通し矢」という。

三十三間堂の先は永代寺門前町。小料理屋、水茶屋、料理茶屋、料亭などが軒をつらねる深川一の大歓楽街である。

すでに灯ともしごろになっていた。雪洞や提灯、軒行燈、たそや行燈などに灯が入り、さながら花が咲き乱れるような華やかな景観をかもし出している。

久兵衛と四人の侍が入って行ったのは、ひときわ大きな料理茶屋だった。軒破風にかかげられた木彫看板には『八百松』とある。江戸で三本の指に入るといわれる料理茶屋で、客のほとんどは大名・旗本・富農・豪商ばかりである。

中に入ると、仲居が四人の侍を一階の奥の六畳の座敷に案内し、久兵衛は二階の八畳の部屋に通された。その部屋には酒席が用意され、利休鼠の羽織をまとった五十がらみの武士が独酌で酒杯をかたむけていた。

「おひさしゅうございます」

武士の前に両手をついて、久兵衛がうやうやしく低頭した。

「二年ぶりかのう。そちの顔を見るのは……」

武士が眼を細めた。頬や顎にたっぷりと肉がついて、ぎらぎらと脂ぎった顔をしている。普請奉行・滝沢山城守康成（やましろのかみやすなり）。二千石の旗本である。

「その節は大変お世話になりました。あらためて御礼（おんれい）申し上げます」

「早速だが」

と、滝沢が酒杯を膳の上において、

「香取の行方はまだつかめんのか」

と訊いた。

「本所の常願寺にひそんでいたようですが、すでにその寺を出ております。目下、手前どもの手の者と御目付・稲村さまの探索方が手をつくして探しておりますので、早晩見つかるのではないかと」

「そうか」

鷹揚（おうよう）にうなずくと、

「そちの耳に入れておきたいことがある。これはよい話じゃ」

滝沢がつと膝（ひざ）をすすめた。

「遅くとも三年、早ければ二年後に両国橋を架け替えるという話が、幕議に上っているそうじゃ」

「ほう、それは耳よりな……」

久兵衛の目元に狡猾（こうかつ）な笑みがにじんだ。

　両国橋は本所と両国をむすぶ長さ九十四間（約百六十九メートル）の橋で、寛文元年（一六六一）に架けられた。架橋以来、すでに百十八年たっている。その間、何度となく修築工事が行われたが、橋の老朽化はすすむ一方だった。

「公儀に橋の架け替えを建言なさったのは、どなただと思う？」

「さて、手前にはさっぱり……」

「刑部卿さまじゃ」

　滝沢がにやりと笑った。

　刑部卿とは、田安家・清水家と並ぶ徳川御三卿の一つ、一橋刑部治済のことである。反田沼派の黒幕と目される治済は、田沼意次の重商主義・経済拡張政策に便乗して数々の利権にかかわり、幕府の役人どもを抱き込んで私腹を肥やしていた。その一人が普請奉行の滝沢だったのである。七年前の三ツ股の埋め立て工事のさいも、この三者が共謀して不正を行い、莫大な利益をむさぼっていたことはいうを待たない。

「その話が決まったあかつきには、橋の架け替え普請に必要な木材は、むろんそちの店から調達することになるであろう」

「恐悦しごくに存じます」

　平蜘蛛のように平伏して叩頭すると、久兵衛は持参してきた袱紗包みを滝沢の前に差し出した。それが金包みであることは一目瞭然である。包みの大きさから見て切り餅四個（百両）は入っているだろう。

「些少でございますが、どうかご笑納くださいまし」

「うむ」

滝沢は無造作に袱紗包みをつかみ取ってふところにねじ込むと、ふっと意味ありげな笑みを浮かべて、

「あいかわらず、そちは鼻のきく男じゃのう」

「はあ？」

と、久兵衛はけげんそうな顔で見返した。

「また妙な商いに手を出したそうだな」

「妙な商い……、と申されますと？」

「ふふふ、とぼけんでもよい。目付の稲村から話は聞いたぞ」

「あ、その件でございますか。恐れいります」

久兵衛が気まずそうに笑った。廻船問屋『湊屋』乗っ取りの一件である。

「商人が金儲けに走るのは当然のことだが、しかし武蔵屋、物事には限度というものがある。裏商いはほどほどにしておいたほうがよいぞ。ほどほどにな」

「ははっ」

それから半刻（一時間）後……。

『八百松』の裏庭に、山岡頭巾（やまおかずきん）で面をおおった滝沢山城守の姿があった。

「どうぞ」

と番頭が裏口に案内する。そこに駕籠（かご）が待たせてあった。滝沢がすばやく乗り込む。

すっかり宵闇に包まれた路地を、滝沢を乗せた駕籠が静々と進んで行く。その五、六間後方に、闇を拾いながらひたひたと尾けてくる人影があった。新之助である。

駕籠は永代橋を渡り、日本橋川の川沿いの道を北西に向かって進んで行く。

やがて前方に木橋が見えた。日本橋川に架かる湊橋（みなとばし）である。駕籠はその橋の北詰を右に折れた。道の両側に大小の武家屋敷が立ち並んでいる。その一角に築地塀（ついじべい）でかこわれた敷地六百坪ほどの旗本屋敷があった。片番所付きの立派な門構えである。

駕籠はその屋敷の門前で止まった。

尾けてきた新之助は、すばやく築地塀の角に身をひそめて様子をうかがった。

駕籠を降りたった滝沢が、足早にくぐり扉から邸内に入って行くのを見届けると、新之助はひらりと身をひるがえして風のように闇の彼方（かなた）に走り去った。

「普請奉行の滝沢山城守か……」

組屋敷の庭の片すみにひっそりと咲いている紫陽花（あじさい）の花を見ながら、乾兵庫がぼそりとつぶやいた。背後に森田勘兵衛が立っている。

「これで大筋が見えてきたぞ」

といって、勘兵衛は濡れ縁にどかりと腰を下ろした。

「七年前の三ツ股の埋め立て工事で『武蔵屋』が不正を働いていたといううわさがある」

「不正？」

「あくまでもうわさだがな。埋め立て用の丸太杭の寸法を四尺（約一・二メートル）もごまかしていたそうだ。正規の丸太杭とそれとの差額はざっと計算して二千両に上る。まさに濡れ手で粟をつかむボロ儲けだ。普請奉行の滝沢と『武蔵屋』が結託していたことは疑うまでもあるまい。香取辰之介はその不正をひそかに調べていたそうだ」

「なるほど」

兵庫の眼がきらりと光った。

「勘兵衛どの、そこまでわかれば、もうこれ以上探索をつづける……」

必要はないでしょう、といいかけるのへ、

「いや、それだけではない」

勘兵衛がかぶりを振った。

「『武蔵屋』には、もう一つの疑惑がある」

「もう一つ？」

「これは善十が手に入れてきた情報だがな」

善十とは、勘兵衛の手先をつとめる「餌撒」のことである。

「二年前に『武蔵屋』は、深川相川町の廻船問屋『湊屋』を乗っ取った。これにも何か裏があるに違いない」

『湊屋』のような中堅の廻船問屋は、商い高のわりにはリスクの多い商売である。現に『湊屋』は二年前の大時化で持ち船を一艘失い、かなりの借財をかかえていた。その借財を肩代わりしてまで、あえて『湊屋』を乗っ取ったのはなぜなのか。

「あるじの久兵衛は転んでもただでは起きぬ男だ。きっと何か企みがあるに相違ない。ひょっとしたら滝沢以上の大物がからんでいるやもしれんぞ」

「わかりました。その一件はわたしが探ってみましょう」

「そうしてくれ。わしは引き続き『武蔵屋』の動きを見張る」

いいおいて、勘兵衛は庭の枝折戸を押して出ていった。

3

黄ばんだ障子窓に、ほんのりと残照がにじんでいる。

薄暗い部屋の一隅に香取辰之介の姿があった。壁にもたれ、じっと眼を閉じて沈思している。

あれから三日がたっていた。

不忍池の出逢茶屋『夕月』でお美代と一夜を明かした翌日、辰之介は貸家を探すためにお美代を連れて江戸の町を歩き回り、神田多町でようやく一軒の貸家を見つけた。

以前は桶職人が住んでいたという古い小さな平屋である。大家はそこから一丁ほど離れたところで搗米屋をいとなむ、徳右衛門という篤実な老人だった。

夫婦をよそおって店借りにきた辰之介とお美代を、大家の徳右衛門はまったく怪しむふうもなく、こころよく応じてくれた。前家賃と礼金二朱を払い、暮らしに必要な最低限の家具調度・什器、夜具などは近くの古道具屋に頼んで運ばせた。

その貸家の六畳の部屋で、辰之介は数日前の事件のことを考えていたのである。

――平蔵たちは、なぜ公儀目付に殺されたのか。

それが謎だった。

公儀目付は旗本や御家人を監察する職掌であり、町奉行所とは明らかに所管が異なる。本来、押し込みや人殺しなどの凶悪犯罪を取り締まるのは、町方の役目なのだ。その町方を差し置いて、公儀目付が真っ先に押し込みの現場に駆けつけるというのは、どう考えても理屈が合わない。何かの間違いではないかと思ったが、事件翌日の瓦版には確かに、

「御公儀御目付衆、押し込み一味を御成敗」

と明記してあった。

（そうか……）

しばらくの思惟のあと、辰之介の脳裏に霧のように立ち込めていた謎が豁然と晴れた。

公儀目付のねらいは平蔵たちではなく、自分だったのではないか。

そう考えればつじつまが合う。

島抜けした辰之介が『武蔵屋』に報復にくるであろうことは、七年前の事件の真相を知っている者なら容易に予測できることなのだ。

そして、それを知りうる人物は一人しかいなかった。

小伝馬町牢屋敷の穿鑿所で辰之介の取り調べに当たった目付・稲村外記である。その稲村が『武蔵屋』と通じていたとすれば……、

（何もかも平仄が合う）

のである。辰之介の思念がそこにいたったとき、

「香取さま」

台所で夕餉の支度をしていたお美代が、前掛けで手を拭きながら入ってきた。先日とは打って変わって、別人のように耀いた表情をしている。まるで新妻のような初々

しさだ。

「もうじき夕ご飯ができます。それまでお酒でも召し上がりますか」

「いや」

と、首をふって、辰之介は立ち上がった。

「大事な用を思い出した。ちょっと出かけてくる」

「お帰りは？」

お美代が不安そうな顔で訊く。

「一刻ほどでもどる」

両刀を腰に差し、塗笠をかぶって辰之介は部屋を出た。何かを感じたのだろう。お美代が悲しげな眼でそのうしろ姿を見送った。

外には淡い夕闇がただよっていた。仕事帰りの職人や人足たちがあわただしく行き交っている。早々と店じまいに取りかかる商家もあった。

辰之介は九段下に足を向けた。

田安御門から俎橋に向かって下る坂道は、一名「田安通り」ともいう。俎橋の東詰は幕臣の拝領屋敷が櫛比する武家屋敷街である。

目付・稲村外記の屋敷は、今川小路の一角にあった。目付は役高千石、中之間詰の旗本である。下城時刻は暮六ツ（午後六時）、万事百般、質素を旨とする職掌なので、供は連れていない。

辰之介は屋敷の手前の路地角に身をひそめて、稲村の帰邸を待った。

時の経過とともに夕闇がしだいに深まり、ちらほらと往来していた人影もぱたりと絶えて、四辺は静寂につつまれた。

四半刻（三十分）ほどたったころ、夕闇の奥に人影がにじみ立った。肩幅の広い、中背の武士である。黒紋付きに真麻の帷子・袴姿の稲村外記だった。

辰之介は路地角からゆっくり歩を踏み出し、稲村の前に立ちふさがった。

「なんだ、その方は……」

稲村の顔がこわばった。

「貴様に訊きたいことがある」

「その声は！」

稲村の手が刀の柄にかかった。だが、それより早く辰之介の刀が鞘走っていた。切っ先がぴたりと稲村の首すじに当てられている。

「か、香取……、辰之介か」

うめくようにいって、稲村は塗笠の下の辰之介の顔を上目づかいに見た。

それには応えず、刀刃を首すじに突きつけたまま、辰之介はすばやく稲村の背後に回り込み、右腕をつかんで背中にねじ上げると、荒々しく路地の暗がりに引きずり込んだ。

「七年前の一件、忘れたわけではあるまいな」

「………」

稲村は口を引きむすんで押し黙っている。

「あれは『武蔵屋』が仕組んだ罠だった……。牢屋敷の穿鑿所で貴様の取り調べを受けたとき、おれはその子細をすべて打ち明けた。なのに公儀は取り上げてくれなかった。その理由がようやくわかった。貴様がおれの口書（供述書）を捏造したからだ」

「………」

「違うか」

「何のことか、わしには……」

「とぼけるな」

ねじ上げた右腕をさらに強くねじった。ぎしっと骨がきしむ。稲村の顔が苦痛にゆがんだ。首すじに当てた刀刃がたるんだ顎肉に食い込み、うっすらと血がにじんだ。

「三ツ股の埋め立て普請の不正にかかわっていたのは、『武蔵屋』と貴様だけではあるまい。ほかにもいるはずだ。そいつの名を教えてもらおうか」

「わ、わしは何も知らぬ」

「往生ぎわの悪い男だな」

いうなり、稲村の右腋に肘を押し込み、ねじ上げた腕を思い切りひねり上げた。

「ひっ！」

稲村が悲鳴を上げた。鈍い音がして、稲村の右腕が異様な形でよじれていた。骨が折れたのである。肘の先がぶらりとたれ下がった。

「次は左腕をへし折る」

「ま、待ってくれ！」

さすがに稲村は音を上げた。

「『武蔵屋』とつるんでいたのは、……普請奉行の滝沢さまだ」

「滝沢！」

まさか、という思いがあった。七年前、辰之介は滝沢山城守の下で働いていた。『武蔵屋』の内偵をはじめたとき、辰之介はそのことを上役の滝沢に報告している。存分にやってくれ、と滝沢はいったが、その滝沢が事件の黒幕だったとは……。

辰之介の胸中に烈々たる怒りがわき立った。刀を持つ手がふるえている。

「そういうことだったか」

「問われたことには応えた。……た、頼む。刀を引いてくれ」

腕の痛みに耐えかねて、稲村がしぼり出すような声で哀訴した。

「よかろう」

うなずくや、首すじに当てた刀をぐいと押し込み、力まかせに横に引いた。刀刃が顎の下の肉をそぎ、頸の血管を切り裂いた。その瞬間、人の体内には、これほどの量の血が駆けめぐっていたかと驚くほど、すさまじい勢いで血が噴出した。

辰之介は、思わず跳びすさって、返り血を避けた。

体の支えを失った稲村は、まるで糸の切れた傀儡のように膝を折って、へなへなとその場にへたり込んだ。多量の出血のためにみるみる稲村の顔が白くなってゆく。

それでもまだ意識はあった。首に左手を当てて、噴き出す血を必死に押さえている。だが、血の勢いは止まらなかった。押さえた手の指の間から血が飛散している。

そのさまを冷然と見下ろしながら、辰之介は刀の血滴をふり払って鞘に納め、ゆったりと背を返した。数歩足を踏み出したところで、ドサッと倒れ伏す音を背中に聞いたが、辰之介はふり向きもせず、足早に夕闇の深みに姿を消していった。

半刻（一時間）後……。

深川入船町の『武蔵屋』の裏口に、一人の侍が小走りに駆け込んでいった。稲村外記の配下の徒目付である。侍は裏庭の中塀の木戸を押して表庭に回り込み、離れの玄関に入って行った。

奥の部屋で、四人の侍が酒を飲んでいた。稲村の下命を受けて『武蔵屋』の警護に

当たっていた徒目付たちである。血相変えて飛び込んできた侍を見て、

「どうした」

と、一人が訊いた。

「稲村さまが何者かに斬られて落命した」

「なにッ」

四人の顔に驚愕（きょうがく）が奔（はし）った。

「香取辰之介の仕業か」

「かもしれん。屋敷では大変な騒ぎになっている」

「わしらはどうすればよいのだ」

「ここに留まっているわけにはゆくまい。稲村さまと『武蔵屋』のかかわりが表沙汰になっては面倒だ。引き揚げよう」

「よし」

と、四人が立ち上がったところへ、あるじの久兵衛が入ってきた。

「どうなさいました」

「稲村さまが斬られて死んだそうだ」

「なんですって！」

「わしらの役目は終わった。引き揚げる」

「あ、あの……」

おろおろする久兵衛に、

「あとのことは居候（いそうろう）の浪人どもに頼むがよい」

にべもなくいって、四人の侍はずかずかと部屋を出ていった。

一人取り残された久兵衛は、しばらく茫然（ぼうぜん）とその場に立ちすくんでいたが、やがて気を取り直すように踵（きびす）を返して離れを出、母屋（おもや）の二階の奥の八畳間に向かった。

がらりと襖を開けると、部屋の中で三人の浪人が酒を酌みかわしていた。いずれも垢（あか）じみた、すさんだ感じの浪人たちである。

「岩田さま、えらいことになりました」

「む？」

と、顔を向けたのは、髭（ひげ）が濃く、熊のように肩の肉が盛り上がった浪人・岩田源十郎だった。久兵衛の意を受けて、市中にたむろしている浪人たちを駆り集めてきたのも、この男である。いわば『武蔵屋』が雇った浪人団の首領格だった。

久兵衛が事情を話すと、源十郎は飲み終えた湯飲みを畳の上において、

「香取辰之介、一人の仕業とは思えんな」

苦々しくいった。

すでに地回りの源蔵が殺されている。さらに目黒の百姓家で仲間の浪人が四人、本

所常願寺の門前で二人、そして今夕、目付の稲村外記が殺害された。それをすべて香取辰之介の仕業と断じるには無理がある。

「ほかにも仲間がいるやもしれんぞ」

「仲間？」

「それもかなり腕の立つ連中だ。……武蔵屋」

ぎろりと眼を向けた。酒で濁った陰気な眼つきである。

「わしら三人だけでは、正直心もとない。用心のために、もっと人数を増やしたほうがよいぞ」

「それはもう……。人集めは岩田さまにお任せいたします。金に糸目はつけませんのでひとつよしなにお願い申しあげます」

久兵衛がすがるような眼でいった。

4

上野大仏下の時の鐘が四ツ（午後十時）を告げている。

お峰が卓の上の徳利や皿小鉢などをせわしなげに片づけている。

小料理屋『如月（きさらぎ）』の店内である。奥の小座敷で、乾兵庫が手酌で飲んでいる。ほかに客の姿はない。板前の喜平(きへい)も帰宅して、店にいるのはお峰と兵庫だけである。

お峰が表の軒行燈の灯を消し、のれんを下ろして入ってきた。

「以蔵さん、遅いですねえ」

「もう、そろそろ現れるころだが……」

「お酒のお代わり、お持ちしましょうか」

「ああ、冷やでな」

お峰が板場から酒を持ってきて、小座敷に上がった。

「どうぞ」

と、兵庫に酌をしながら、別の猪口(ちょこ)をとって、

「あたしにも一杯くださいな」

甘えるようにいった。兵庫は無言で酒をついだ。それをキュッと飲みほして、

「おいしい」

つぶやきながら上目づかいに兵庫を見た。切れ長な眼がうるんでいる。

「お忙しそうですね。お仕事」

「おれの仕事が忙しいのは、それだけ世の中が乱れているということだ」

口元に苦い笑みをきざみながら、兵庫がいった。お峰はやるせなげに吐息をついて、
兵庫の膝に右手を置いた。袴(はかま)の上から熱い感触が伝わってくる。

「ほんとうに、嫌な世の中……。こうして兵庫さまと一緒にいるときが、いちばん心が休まります」

「お峰」

兵庫の手がお峰の襟元にすべり込んだ。手のひらで包み込むように乳房をつかむ。

「あ、ああ……」

お峰の口から絶え入るようなあえぎ声が洩れた。ゆたかな乳房をもみしだきながら、指先で乳首をなぶる。たちまち固くなった。肩を引き寄せて唇を吸う。お峰のやわらかい舌が兵庫の舌にからみつく。甘い香りが口中にひろがった。唾液までもが甘い。

お峰は身をよじりながら、兵庫の袴の脇から右手を差し入れ、下帯の上から一物をつまんだ。固く大きく屹立している。それを指先でやさしくしごく。

「い、いかん」

兵庫が思わず腰を引いた。

「以蔵がくる」

「でも……」

と、いいかけたとき、がらりと格子戸が開く音がした。二人ははじかれたように体を離し、あわてて身づくろいをして膳部の前に座り直した。そこへ、

「旦那」

と、以蔵が入ってきた。

「おう、待ってたぞ」

「遅くなりやした」

「お酒、お持ちします」

お峰は何食わぬ顔で板場に去った。それをちらりと見送って、

「何かあったんですかい？」

以蔵が小声で訊いた。

「目付の稲村外記が殺されたそうだ」

「ほう」

以蔵は、さして驚かなかった。

これまでの探索で、七年前の心中事件の吟味に当たったのが稲村外記であること、その稲村が香取辰之介の復讐の標的の一人であることも、以蔵は知っていた。

「稲村は香取を島送りにした張本人だからな」

「自業自得ってところでしょう」

以蔵が冷やかにいう。

「で、そっちは何かわかったのか」

「へえ。相川町の廻船問屋『湊屋』の一件ですがね」

『武蔵屋』に乗っ取られた『湊屋』は、久兵衛の一人息子・清太郎が取り仕切っているという。

「以前『湊屋』は上方と江戸をむすんで、おもに樽物を廻漕していたそうなんですが、清太郎の代になってから長崎方面にも足を延ばすようになったそうで」

「長崎か……？」

「近所のうわさによると、近ごろ『湊屋』に妙な侍が出入りするようになったそうです」

「妙な侍？」

「頭巾で顔を隠した侍がこっそりと出入りしてるそうなんで」

「公儀の役人か」

「いえ、公儀筋じゃなさそうですね。小者が持っていた提灯には丸に割菱の定紋が打ってあったとか」

「丸に割菱？」

と、ちょっと思案して、

「武鑑を見ればすぐわかる。調べてみよう」

武鑑とは、大名諸家・幕府諸役人を記載の主体として、民間の書肆によって編集・出版された武家の名鑑。いまでいう紳士名鑑のようなものである。

「……ほかに何か？」

「いまのところは、それだけで」

猪口に残った酒を喉に流し込むと、以蔵は腰をあげて、

「じゃ、あっしはこれで失礼いたしやす」

と、小座敷を下りた。兵庫も二刀を持って立ち上がる。板場からお峰がいそいそと出てきて「あら、もうお帰りですか」と不満げな表情でいった。以蔵にいったのではなく、兵庫にいったのである。むろん、以蔵には察しがついている。

「歳を取ると、夜が早いんでね」

にやりと笑って、以蔵は出て行った。お峰が手早く戸じまりをしてふり向くと、すぐ後ろに兵庫が立っていた。

「兵庫さまも？」

「帰ろうかと思ったが……、気が変わった」

というや、いきなりお峰を抱きすくめて格子戸に体を押しつけた。それを待っていたかのように、お峰も狂おしげに兵庫の首に手を回して口を吸った。兵庫は片手でお峰を抱きすくめながら、もう一方の手でお峰の着物の下前をはぐった。裾（すそ）がはらりと割れて、白い太股（ふともも）があらわになる。

「こんなところじゃ……」

お峰が恥ずかしそうに身をよじる。戸口に立ったままの抱擁である。障子に二人の影が映っているのだが、兵庫はまったく意に介しなかった。

「かまうことはない」

袴の紐を解いて、下帯の脇から怒張した一物をつまみ出し、お峰の股間に押しつけた。

尖端がこつんと恥丘に当たる。お峰がそれをつまんで切れ目にいざない、下から上へと撫であげる。じわっと露がにじみ出してくる。

兵庫は、お峰の片足を抱えあげ、やや腰を落として、下から突きあげた。

「あっ」

一物が深々と埋没した。立ったままの媾合である。兵庫が腰を振るたびに、格子戸がガタガタと音を立てる。お峰はそれが気になるらしく、

「お願い。小座敷に連れてって」

兵庫の耳元でささやくようにいった。

兵庫は無言でうなずくと、赤子を抱くようにお峰を抱えあげ、店の一隅の卓の上にお峰を座らせた。着物の裾が大きくはぐられ、下半身はむき出しのままである。

お峰を卓の上に仰臥させて、両膝を立たせる。薄桃色の花弁がぬれぬれと光っている。兵庫は股間に顔をうずめて、お峰の蜜壺に舌を這わせた。

「あ、ああッ……」

お峰がいやいやをするように激しく首をふる。兵庫の舌先が壺の深奥の肉ひだをねぶり回す。峻烈な快感がお峰の脳髄(のうずい)をつらぬいた。

「あ、だめ……、は、早く兵庫さまも……」

上体をくねらせながら、うわ言のように口走る。兵庫はゆっくり顔をあげ、お峰の両足首を持って肩にかけた。一物は猛り狂わんばかりに怒張している。尖端を壺口にあてがって腰を入れる。ずぶりと入った。いや、入ったというよりも、くわえ込まれたという感じである。

根元まで挿し込み、いっさいの動きを止めて壺の中の感触を味わう。そうしているだけで、いまにも気が行きそうなほど、肉ひだが絶妙な波動をくり返している。

「じらさないで」

お峰が切なげにいう。兵庫はゆっくり腰をふった。

「あ、いい……、いい!……」

あられもなく叫びながら、お峰が昇りつめていく。兵庫も限界に達していた。

「な、中で……、中で出して」

お峰のその部分が絞り込むように激しく収縮した。

「うっ」

と、うめいて兵庫は果てた。お峰の壺の中で熱いものが炸裂する。一物を中に入れたまま、兵庫は卓の上のお峰におおいかぶさった。兵庫の精を飲み込んだ肉壺が、歓喜するかのようにひくひくと痙攣（けいれん）している。

二人は結合したまま、しばらく忘我の境をさまよっていた。

5

廻船問屋『湊屋』に出入りしている覆面の侍――その正体を解く鍵は「丸に割菱」の定紋である。大名武鑑を調べてみると、

蝦夷（えぞ）松前（まつまえ）藩一万石
藩主　松前伊豆守道広（いずのかみみちひろ）
柳間（やなぎのま）　従五位下
士八百八戸　卒八百四十八戸
家紋　丸に割菱

とあった。江戸上屋敷は下谷新寺町（したやしんてらまち）にある。

北辺の外様（とざま）小藩・松前藩と廻船問屋『湊屋』、そして材木商『武蔵屋』との間にいったいどんな関わりがあるというのか。

その謎を探るために、翌日の夕刻、兵庫は下谷新寺町に向かった。

下谷新寺町は、町名が示すとおり、大小の寺院や小大名の藩邸、幕吏の小屋敷などが町のほぼ全域を占めている。俗に七軒町通りとよばれる表通りに面したところに、松前藩の上屋敷はあった。総面積二千二百五十坪。屋敷の東側に掘割が流れている。

夕闇が宵闇に変わろうとしていた。

どの武家屋敷の門扉もすでに固く閉ざされている。

菅笠(すげがさ)で面を隠した兵庫は、藩邸の門前を素通りして、掘割沿いの道を右に折れた。

その道を十五、六間も行くと、道は掘割に沿って直角に右に曲がり、さらに鉤型(かぎがた)に左に折れて下野烏山藩(しもつけからすやまはん)・大久保佐渡守の屋敷の裏手に出る。

曲がり角の手前で、兵庫はふと足を止めて、掘割の向こうにつらなる松前藩邸のなまこ塀に眼をやった。塀の一角に小さな門扉があり、そこから石段がつづいている。

石段の下の丸太組の桟橋には、一艘の屋根舟がもやっていた。

堀端の柳の木の下に身をひそめて様子をうかがっていると、四半刻ほどして、かすかなきしみ音とともに門扉が開き、提灯を下げた小者が姿を現した。そのあとから黒布で面をおおった小肥りの武士と供らしき侍が一人出てきた。

小者が下げている提灯には、確かに「丸に割菱」の定紋が記されている。

二人の武士が屋根舟に乗り込むと、小者が水棹(みさお)を差してゆっくり舟を押し出した。

兵庫は闇を拾いながら、足早に舟のあとを追った。

二人の武士を乗せた屋根舟は、大久保佐渡守の屋敷の裏手を流れる掘割から三味線堀に出た。東西二十二間（約四十メートル）、南北十七間（約三十メートル）の大きな堀である。堀の形が三味線に似ているところから、その名がついたという。

三味線の棹に当たる部分は幅五・五間（約十メートル）の運河になっていて、その先は新堀川、鳥越川へとつながり、浅草御蔵河岸から大川に流れ込んでいる。

屋根舟が三味線堀の南西に差しかかったとき、

（？………）

背後に気配を感じて、兵庫はふり返った。

闇をついて四つの影が矢のように突っ走ってくる。いずれも鈍色の小袖に木賊色の袴、股立ちを高く取った黒覆面の侍である。

兵庫の手が刀の柄にかかった。

四人の侍が三間の距離をおいて足を止め、無言のまま、いっせいに抜刀した。松前藩の横目付たちであろうか。かなりの遣い手と見えた。

四人の動きは速かった。二人が道に立ちふさがり、別の二人が柳並木を走り抜けて、兵庫の背後に回り込んだ。前後から挟み撃ちにする構えである。

兵庫の眼が動いた。道の左側は三味線堀、右側には灌木が密生しており、その奥に幕臣の小屋敷が軒をつらねていた。逃げ場がない。

かしゃっと鍔が鳴り、四人が刀刃を返した。

兵庫は、左右の手を大小の柄頭にかけたまま、右足を引いて半身に構えた。

挟撃の場合、前後の敵が寸秒の狂いもなく連携動作を起こすことは、至難のわざといっていい。互いが呼吸を合わせて同時に斬り込んだつもりでも、かならず一拍や二拍のずれが生じるからである。

そのずれを瞬時に見きわめ、先に斬り込んできた相手には先の先、遅れた相手には後の先を取るのが、挟撃に対応できる唯一の刀法なのだ。

兵庫は、まさにそういう構えをとっている。

前後の侍が無声の気合を発して斬りかかってきた。その刹那、背後の二人がわずかに速く間境を越えたのを、兵庫の眼は見逃さなかった。

しゃっ！

抜く手も見せず腰の二刀を、前後の敵の動きに合わせて放った。背後から斬りかかってきた一人の刀を峰ではね上げ、すぐさま手首を返してもう一人を袈裟がけに斬り下ろした。先の先を取ったのである。と同時に前からの斬撃を一寸の見切りでかわし、左手に持った小刀で一人の喉を突いた。これが後の先である。

二人の侍が体を交差させるようにして倒れ伏した。

残る二人があわてて体を反転させた瞬間、兵庫は片膝をついて体を沈め、左右の大小を紫電（しでん）の迅（はや）さで下から薙（な）ぎあげた。必殺の「地生（ちしょう）ノ剣」である。

「わッ」

二人がほとんど同時に悲鳴を発してのけぞった。一人は大刀で首を斬り裂かれ、もう一人は小刀で左眼を突き刺されて地面に転がった。

悶絶する二人には眼もくれず、兵庫は両刀の血ぶりをして鞘に納めると、首を回して三味線堀を見た。

屋根舟は消えていた。

兵庫は追尾をあきらめた。どんなに急いでも舟脚には勝てるわけがない。それに深追いしなくても、行き先は『湊屋』とわかっている。

四人の侍が力ずくで兵庫の尾行を阻止しようとしたのは、松前藩と『湊屋』の関わりが表沙汰になっては困る事情があるからに違いない。それがわかっただけでも今夜の収穫はあった。

そのとき、闇の奥に小さな灯りが揺れた。二つの人影が提灯を下げてこっちに向かって歩いてくる。中間（ちゅうげん）ふうの男たちである。

兵庫は菅笠のふちを引いて顔を隠すと、身をひるがえして走り去った。

そのころ……。

二人の武士を乗せた屋根舟は、鳥越川を下って浅草御蔵河岸から大川に出、下流に向かっていた。流れに乗って舟の速度がどんどん増してゆく。

両国橋、新大橋を経由して、永代橋の下をくぐったところで、屋根舟は左岸（深川）に舳先を向けた。行く手の闇の奥に、十数艘の船影がにじんでいる。

深川相川町の船溜まりだった。大小さまざまな船がもやっている。五百石級の弁才船もあれば、押送船、荷足船、屋形船、猪牙舟などもあった。

係留された船の間をぬうようにして、屋根舟は桟橋に着いた。

その船着場から通りを一本へだてたところに、廻船問屋『湊屋』はあった。

すでに大戸は下ろされている。供の侍がくぐり戸を叩くと、中からかんぬきをはずす音がして、くぐり戸の隙間から番頭らしき中年男が顔をのぞかせ、

「お待ちしておりました。どうぞ」

と、二人を中に招じ入れた。

番頭に案内されたのは、八畳ほどの客間だった。酒肴の膳部がととのっている。

膳の前に着座すると、小肥りの武士がおもむろに覆面をはずした。

松前藩江戸屋敷の留守居役・日根野三右衛門である。供の侍は横目頭の兵藤甚内、三右衛門の腹心中の腹心である。眼に狷介な光を宿している。

　ちなみに、大名家の留守居役というのは、藩主が帰国しているあいだ、江戸屋敷の家政万般をとりしきり、対外的には幕府や他家との連絡・調整、および情報収集を任とする役職である。松前藩では江戸家老につぐ上席者とされていた。

　ほどなく『湊屋』のあるじ・清太郎が入ってきた。三十一、二の色白の男である。歳に似合わずしたたかな面がまえをしている。

「夜分、お運びいただきまして、恐縮に存じます」

　清太郎が両手をついて低頭する。

「さっそくだが湊屋」

　日根野が懐中から折り畳んだ書状を取り出して、

「これが次の船荷の目録だ」

　と、差し出した。清太郎はそれを広げてすばやく視線を走らせ、

「江戸にはいつごろ着く予定でございますか」

「十日後だ。寅の中刻までには木更津沖に入るであろう」

「さようでございますか。では、そのつもりで支度をさせていただきます」

「おう、そうそう、肝心の物を忘れておった」

　日根野が帯の間から、何やら大事そうに黄金色に光るものを取り出した。

　二つに割った小判――俗にいう割符である。清太郎はうやうやしく押しいただいて、

「確かにお預かりいたしました」

と、ふところにしまい込み、パンパンと手を打った。それを合図に隣室の襖が開き、着飾った女が三人、静々と入ってきた。門前仲町の水茶屋から呼び寄せた酌女たちである。

「ふふふ、いつもながら気が利くのう」

日根野の顔に好色な笑みが浮かんだ。三人の女がそれぞれの席につき、酒宴がはじまった。松前藩の江戸留守居役がみずから足を運んで『湊屋』をたずねてくるのは、一つにはこれが楽しみだったからである。

酒の献酬がはじまり、女たちが唄を歌い、日根野が上機嫌で手拍子を打ち、まさに宴たけなわとなったとき、

「旦那さま」

声とともに襖がわずかに開き、さっきの番頭が顔をのぞかせた。困惑げな表情をしている。清太郎が座をはずして歩み寄ると、番頭が顔を寄せて何事か耳打ちをした。

（わかった）

清太郎は眼顔でうなずき、酒席の二人に、

「ちょっと失礼」

と、一礼して出ていった。兵藤の眼がきらりと光った。三右衛門も何かを感じたの

だろう。ちらりと兵藤の顔を見て顎をしゃくった。

清太郎が玄関に出ると、三十五、六の男が上がり框に片あぐらをかいて座っていた。異様に頬骨が張り出した、卑しい眼つきの男である。

「親分さん、いつもお世話になっております」

清太郎が慇懃に頭を下げた。男は深川一帯を縄張りにしている岡っ引の銀造である。酒が入っているらしく、眼のふちが赤い。

「これから仲町にくり出そうと思ってるんだが、あいにく手元不如意でな」

「わかりました」

冷やかな表情で、清太郎はふところから財布を取り出し、銀造の手に小判を一枚にぎらせた。が、銀造は上がり框に座り込んだまま、不服そうな顔で手のひらの小判を見つめている。無言の圧力をかけているのである。

清太郎は仕方なくもう一枚の小判を手のひらに乗せた。

「へへへ……」

とたんに銀造が顔をほころばせ、

「すまねえな。じゃ遠慮なくちょうだいするぜ」

ひょいと腰を上げて、そそくさと出て行った。

清太郎が苦々しげに見送って背を返すと、廊下の角の暗がりに、うっそりと兵藤甚内が突っ立っていた。

「兵藤さま……」

「何者だ、いまの男？」

「あ、あれは……、黒江町の銀造親分さんです」

清太郎がためらうようにいった。

「岡っ引か」

「はい」

「岡っ引に酒代をせびられるような弱みがあるのか」

ずばりと切り込まれて、清太郎は狼狽した。

「わしらはそのほうの味方だ。正直に申してくれ」

「じつは……」

意を決するように清太郎が話しはじめた。

二年前、清太郎の父・久兵衛は『湊屋』の借財を肩代わりして店の乗っ取りを企んだが、問屋株を所有している『湊屋』のあるじ・宗右衛門（お美代の父）は、頑として店を明け渡そうとはしなかった。

そこで久兵衛の意を受けた清太郎は、岡っ引の銀造を金で抱き込み、寄り合い帰りの宗右衛門を殺させたのである。

「なるほど、銀造ににぎられている弱みというのは、それか……」

兵藤の眼に剣呑な光がよぎった。

「致し方ございません。あの親分さんに逆らうわけにはいかないのです」

「だがな、湊屋。あの手の輩は下手に出れば出るほどつけ上がる。いつまでもいいなりになっていると骨の髄までしゃぶられるぞ」

「正直申しまして、手前どもも困っているのです」

「わかった。わしが引導を渡してやろう」

「兵藤さまが？」

「そのほうは部屋にもどって日根野さまの相手をしていてくれ。すぐもどってくる」

いいおいて、兵藤は出て行った。

銀造は、相川町から二丁ほど離れた富吉町の路地を歩いていた。二両の金があれば門前仲町の茶屋で上等の酒をたっぷり飲んで、上玉の女が抱ける。そう思っただけで銀造の口元がゆるんだ。よだれを垂らさんばかりの下卑た顔である。

「銀造」

ふいに呼び止める声があった。ふり向くと、見なれぬ侍が大股に歩み寄ってきた。

「あっしに何か？」

「死んでもらおう」

ずばっ、と真っ向竹割りに刀が振り下ろされた。

顔面を朱に染めて、銀造は声もなく仰向けに転がった。眉間がざっくりと割れて、頭蓋が砕け、鮮血とともに白い脳漿があたり一面に飛び散った。ほとんど即死である。

刀の血ぶりをして納刀すると、兵藤はくるっと踵を返して、もとの道を足早に引き返していった。その間わずか寸秒、近くで店を張っていた屋台のそば屋も気づかぬほど、一瞬の早業だった。

第四章　復仇

1

　神田多町の貸家の土間で、香取辰之介は刀を研いでいた。本所常願寺の門前で斬り殺した浪人から奪った刀である。無銘だが、丹念に研ぎあげてみると、なかなかの業物だった。沸も刃文もしっかりしている。

　研ぎ終えた刀の中心を柄に差し込み、目釘を打って鞘に納めると、身支度をはじめた。

　今夜、普請奉行・滝沢山城守の屋敷に乗り込んで、滝沢を仕留めるつもりである。

そのためにこの四日間、滝沢の屋敷の周辺に張り込み、出入りの商人たちから情報を集めて、屋敷の内情を探った。

　滝沢の屋敷には、家来八人のほかに中間小者・下女など三十人ほどの使用人がいる。

表門に近い長屋に中間や小者が住み、家来八人は北側の中長屋に住んでいる。

屋敷は、「中坪」と称する中庭をかこんで母屋と中奥がコの字形をなし、さらにその奥には側室・お志摩の方が住む別棟があり、渡り廊下でむすばれている。

お志摩の方は三年ほど前まで『武蔵屋』で下働きをしていたお島という女で、近所でも評判の美人だった。そのお島を見そめて、滝沢が屋敷に召し上げ、側妾にしたのである。今年二十二歳、まさに凝脂の乗り切った女盛りのお志摩の方に、滝沢は歳甲斐もなく惑溺し、ほとんど毎夜のごとくお志摩の方の部屋に通っているという。

――殺るとすれば、そのときだ。

閨房なら防備も薄い。むろんお志摩の方もろとも滝沢を殺すつもりである。

辰之介は軽衫をはき、脚絆をつけると、矢立てを取って料紙に筆を走らせた。それを折り畳んで手持ちの金子二十両をはさみ、部屋のすみの蒲団の間にさし込んだ。

そのとき、がらりと戸が開いて、お美代が入ってきた。小脇に手桶をかかえている。近所の湯屋からもどってきたのである。辰之介の身なりを見て、

「お出かけですか」

と、けげんそうに訊いた。

「今夜、やるつもりだ」

「…………」

お美代は絶句したまま立ちすくんだ。

「案じるな。おれは必ずもどってくる」

「香取さま」

倒れ込むように辰之介の胸にすがりつき、

「無理なお願いと承知のうえで申し上げます。……どうか、どうか仇討ちはおやめくださいまし」

「お美代」

「過去の恨みを晴らしたところで、香取さまが失った七年の歳月はもどってきません。亡くなった奥さまも帰ってはまいりません。それより、ご自分のお命を大事になさったほうが……、そのほうがきっと奥さまもお喜びになられると思います」

嗚咽しながら、お美代は必死に訴えた。

「気持ちはありがたいが……、おれは七年の歳月を取りもどすために島抜けをしてきたのではない。目的はただ一つ、おれを罠にはめた連中に復讐するために命がけで島を抜けてきたのだ。……そのあとのことは、おまえと二人でゆっくり考えようと思っている」

「わたしと二人で……？」

「ああ、首尾よく本懐をとげたら、江戸を出て、どこか静かな場所で将来のことを考えよう」

　といって、辰之介はふっと微笑を浮かべた。

「香取さま」

　見ひらいたお美代の双眸(そうぼう)から滂沱(ぼうだ)の涙がこぼれ落ちた。辰之介はゆっくり体を離して立ち上がり、

「では、行ってくる」

　と、両刀を腰に落とし、塗笠(ぬりがさ)をかぶって三和土(たたき)に下り立った。

「ご無事を……、お祈りしております」

　胸に手を当てて、お美代は切なげに見送った。


　月も星もない暗夜である。

　湿気をふくんだ生あたたかい風が吹いている。

　辰之介は、夜道を歩きながら塗笠のふちを押し上げて夜空を仰ぎ見た。黒雲が急速に流れてゆく。雨もよいの空である。

　江戸橋にさしかかったところで、ぽつりぽつりと雨が落ちてきた。

　それがやがて小雨に変わった。痩(や)せた野良犬が濡(ぬ)れそぼりながら、物欲しげに辰之介のあとをトボトボとついてくる。

江戸は野良犬が多い。餌は残飯やねずみ、虫などである。それを奪い合って生きている。弱肉強食の世界である。負けた犬は飢えて野垂れ死にする。

八丈島での暮らしが脳裏をよぎった。自給自足の七年間。飢えをしのぐために野ねずみを食ったこともある。力の弱い者はバタバタと死んでいった。極限状況の中では、人間も犬も変わらない。強者だけが生き残れるのだ。

いつの間にか、湊橋の北詰を歩いていた。ふり向くと、野良犬の姿は消えていた。あの犬もいずれ飢えて野垂れ死にするだろう。

あいかわらず小雨が降りつづいている。辰之介は橋の手前の道を左に曲がった。

半丁（約五十メートル）ほど行くと、右前方に滝沢の屋敷の門が見えた。

築地塀の角を右に折れて、屋敷の裏手に出ると、辰之介は腰の大刀を鞘ごと抜いて築地塀に立てかけ、鍔に足をかけてひらりと塀の上に跳び乗り、下緒を引いて刀を吊り上げた。

塀の上からすばやく邸内の気配をさぐり、トンと内側に下り立つ。

四辺はまったくの闇である。植え込みの陰から母屋の様子をさぐる。雨戸の節穴からかすかに明かりが洩れている。奉公人たちはまだ起きているのだろう。

北側の中長屋に眼を向けた。障子窓にぼんやり明かりがにじんでいる。八人の家士たちもまだ起きているようだ。

辰之介は、築地塀に沿って屋敷の南へ回り込んだ。

広い庭に出た。奇岩巨石の石組と砂礫で山水を表した枯山水の庭である。その奥に入母屋造りの別棟が立っている。側室・お志摩の方の住まいである。

寝間の障子が白く光っている。夜具の中で睦み合う滝沢とお志摩の方の痴態を思い浮かべながら、辰之介は腰の大刀を抜き放った。障子を蹴破って一気に寝間に侵入し、二人を叩っ斬るつもりである。

雨に濡れた手を着物の袖口でぬぐい、刀の柄をしっかりとにぎって、

(行くぞ)

と、気合を込めて植え込みから飛び出したそのときである。突然、
カラン、カラン、カラン……。

乾いた音が四囲に鳴りひびいた。鳴子縄に足を引っかけてしまったのである。

不覚だった。警備手薄と見た別棟の周辺に、鳴子縄が張りめぐらされていることを読めなかったおのれの迂闊さを悔やみながら、辰之介はすぐさま身をひるがえした。

「曲者ッ！」

「出会え、出会え！」

あちこちで怒声が飛び交い、闇の奥に明かりが流れた。

辰之介は身をかがめて裏門に走った。

「いたぞ！」

「裏門だ！」

声が追ってくる。

悪いことに急に雨脚がつよまってきた。篠つく雨である。

足がすべる。

背後に影が迫ってきた。

よろめきながら、必死に走る。

行く手の闇に光芒がよぎった。龕燈を持った家士が駆けつけてくる。

もはや逃げ場はない。絶体絶命の死地である。辰之介は右手に大刀を持ち、左手で脇差を抜きはらうと、半身になって前後の敵に備えた。

雨すだれを切り裂くように四方から白刃が飛んできた。初太刀、二の太刀は何とか払いのけたものの、三の太刀まではかわし切れなかった。左肩にするどい痛みが走り、左腕の感覚が麻痺した。脇差が使えない。とっさに敵の一人にそれを投げつけた。

脇差はその家士の胸板をつらぬいた。すぐ横に跳んで背後からの斬撃をかわし、右片手で叩きつけるように斬り伏せた。

体を反転させると、眼前に別の家士が迫っていた。

すさまじい刃うなりがした。ばさっ、と塗笠が裂けて、眉間に血がほとばしった。

たちまち顔面が血に染まる。雨滴と血が眼に入り、視界がぼやけた。体勢が崩れる。

脇腹に激痛が走った。左手で脇腹を押さえる。腹が横一文字に切り裂かれていた。

指先にぬるっと何かが触ったが、それが自分のはらわたであることに辰之介は気づかなかった。

息がつまった。意識が薄れてゆく。ガクンと膝が折れた。太股を斬られたのだが、もはやその痛みさえ感じない。底のない闇の中に落ち込んでゆくような錯覚にとらわれた。

「死ねッ」

家士の一人が刀を振り上げた瞬間、

「待て」

と、庭の奥で声がした。家士たちがいっせいに刀を引いて振り返った。

着流しの滝沢が傘をさして悠然と歩み寄り、

「そやつに明かりを」

と命じた。

「はっ」

家士の一人が龕燈の明かりを、倒れ伏している辰之介に当てた。血と雨と泥にまみれた凄愴無惨な姿である。滝沢は、息も絶え絶えの辰之介を冷やかに見下ろして、

「辰之介か」

と酷薄な笑みを浮かべた。

辰之介は最後の力をふりしぼって滝沢の顔をにらみつけた。何かいおうとしているのだが、口元がふるえて声が出ない。

「そちも馬鹿な男よのう。おのれの分をわきまえておれば、こんなことにはならなかったのに……」

「き、貴様は……、人間の屑だ」

血を吐くように、辰之介が面罵した。

「ふふふ、何とでも申すがよい。死んでしまえば、そちもただの屑になる」

「お、おのれ」

必死に立ち上がろうとすると、

「とどめを刺せ」

滝沢が冷然と下知した。

家士の一人が、片膝をついて立ち上がろうとする辰之介の背中へ、逆手に持った刀を垂直に突き立てた。切っ先が背中をつらぬき、胸に飛び出した。刀を一気に引き抜くと、背中と胸の双方からおびただしい血が噴き出した。まるで血の雨である。

ばしゃっ、と音を立てて、辰之介の体がぬかるみに突っ伏した。

「死骸を片づけろ」

家士たちにいいおいて、滝沢は何事もなかったように踵を返した。

濡れ縁に上がって着物の裾の雨滴をはらい落とし、障子を引き開けて部屋に入った。

「どうなさいました？」

隣室の襖越しに女の声がした。

「野良犬が迷い込んだようじゃ」

といって、滝沢は襖を開けて、中に入った。

夜具の上に薄衣をまとった女が座っている。側室・お志摩の方。男好きのする肉感的な女である。薄衣の上から透けて見える白い裸身も煽情的だ。

「興ざめじゃ。……お志摩、先ほどのつづきをやってくれ」

滝沢はお志摩の方の前に仁王立ちになり、いきなり着物を脱ぎ捨てた。下には何も着けていない。ぽっこり突き出た太鼓腹の下にへちまのような一物がぶら下がっている。お志摩はそれを指でつまみ上げて、ゆっくりしごいた。しだいに硬直してくる。

「う、ううう……」

うめきながら、滝沢は怒張した一物を自分でつかんで、お志摩の方の口にねじ込んだ。尖端が喉につかえた。お志摩の方が苦しげに顔をふる。はずみでスポッと抜けた。

「苦しいか」

「息がつけませぬ。わたしにおまかせを……」

「うむ」

お志摩の方が一物をつまみ直し、舌先で尖端をちろちろとなめ回す。そしてゆっくり口にふくみ、一方の手でふぐりをもみながら、口をすぼめて出し入れする。

滝沢の息が荒い。お志摩の方の頭を両手でかかえ、激しく腰をふる。唾液で濡れた一物がお志摩の方の口の中で、淫靡な音を立てて挿入出をくり返している。

「い、いかん！」

滝沢がふいに天を仰いでわめいた。と同時に、お志摩の方の口の中で淫欲が炸裂した。滝沢の腰の動きが止まり、尻の肉がひくひくと波うっている。

一物をくわえたまま、お志摩の方が上目づかいに滝沢の顔を見上げた。滝沢は惚けたようにとろんと宙を見つめている。お志摩の方の顔にしたたかな笑みが浮かんだ。その口元からたらりと白濁した淫液がしたたり落ちた。

2

千駄木の御用林に白い朝霧がゆったりと流れてゆく。

昨夜の雨もすっかり上がり、濡れた叢樹にきらきらと朝陽がきらめいている。

　ふいにバタバタと羽音を立てて、藪陰(やぶかげ)から山鳥が飛び立った。御用林の小径(こみち)を、唐(とう)桟縞(ざんじま)の筒袖(つつそで)に浅黄(あさぎ)の股引(ももひ)き姿の初老の男が、小走りにやってくる。餌撒(えまき)の以蔵である。

　御用林を抜けて、広い砂利道に出た。その道に沿って藁葺(わらぶ)きの家が点在している。鳥見役たちの組屋敷である。

　以蔵は、東はずれの組屋敷の丸太門をくぐって玄関に駆け込み、

「旦那」

　と、奥に声をかけた。

　廊下の奥から寝衣姿の兵庫が出てきた。口に歯磨(はみが)きの房楊枝(ふさようじ)をくわえている。

「どうした？」

「香取辰之介が殺されやした」

「なに」

　といったまま、兵庫は絶句した。驚愕で次の言葉が出ない。

「川船の船頭が日本橋川に浮いている香取の死骸を見つけたそうで」

「香取に間違いねえのか。その死骸は」

「たぶん……、手配書にそっくりだったと……」

「死骸はどこにある？」

「町方の検死を待つために、とりあえず南新堀町(みなみしんぼりちょう)の番屋に運んだそうで」

十数年前、以蔵は二十人の下っ引をかかえる腕利きの岡っ引だった。その情報網はいまでも江戸のすみずみに張りめぐらされている。数ある「餌撒」の中でも、情報の速さと的確さではこの男の右に出る者はいない。

「よし、行ってみよう」

奥の部屋にとって返し、手早く身支度をととのえて組屋敷を出たとき、巣鴨稲荷(すがもいなり)の時の鐘が明六ツ（午前六時）を告げはじめた。

それから半刻後、兵庫と以蔵は日本橋川の川岸通りを歩いていた。

霧が晴れて、まばゆいばかりの朝陽が降りそそいでいる。

日本橋川の下流に架かる豊海橋(とよみばし)をわたったところで、以蔵は足をゆるめ、

「あの番屋です」

と指さした。南新堀二丁目の辻角に自身番屋が立っている。番屋の中で初老の番太郎がのんびり煙管(きせる)をくゆらせていた。以蔵が戸口に歩み寄って、

「父(とっ)つあん、ちょいと仏(ほとけ)を検分させてもらうぜ」

と声をかけると、番太郎は煙管の火をポンと叩き落として、

「どうぞ」

と、土間の一隅に眼をやった。筵(むしろ)をかぶせられた死体が置いてある。兵庫はそのかたわらに屈み込んで筵をめくって見た。思わず眼をそむけたくなるような無惨な斬殺

死体である。

（あのときの浪人か……）

先日、『如月』にふらりと入ってきた浪人者だった。香取辰之介に間違いない。

兵庫が危惧していたことが現実となってしまったのである。辰之介の無念を思うと胸が痛む。死体に合掌して立ち上がり、以蔵をうながして番屋を出た。

「以蔵」

歩きながら、兵庫がいった。

「下手人は滝沢山城守と見て間違いねえだろう」

「へい。疑うまでもありやせん」

以蔵も同じことを考えていた。

豊海橋の一丁ほど上流に湊橋がある。その橋の北詰を右に折れたところに滝沢山城守の屋敷がある。滝沢の屋敷に乗り込んだ辰之介が、逆に返り討ちにされて日本橋川に投げ捨てられた、と考えれば何もかもつじつまが合う。

「それにしても……」

と、以蔵が嘆息をつきながら、

「たった一人で二千石の旗本に立ち向かうなんて、無茶といえば無茶な話ですがね」

「それを承知で香取は屋敷に乗り込んだんだ。滝沢と刺し違える覚悟でな」

「けど、それが裏目に出ちまった。滝沢にとっちゃ思う壺でしょう。これで七年前の事件が闇に葬られたわけですから」

「このままでは、香取辰之介も浮かばれねえだろう」

「いずれにしても、子細を御支配にご報告しなければ……」

「うむ」

やり切れぬ面持ちで、兵庫は歩度を速めた。


千駄木にもどり、組頭・刈谷軍左衛門の家を訪ねたが、あいにく留守だったので、

「おれの家で朝めしでも食おう」

と、以蔵をさそって自宅にもどると、丸太門の前に見なれぬ女が立っていた。

「何か用か？」

兵庫がたずねると、女はおどおどしながら、

「御鳥見役の乾兵庫さまというのは……？」

「おれだ。……おまえの名は？」

「美代と申します。香取辰之介さまのことで、ぜひお話ししたいことが……」

「香取？」

思わず兵庫と以蔵は顔を見交わした。何やらのっぴきならない事情があるようだ。

「わかった。話は中でゆっくり聞こう。さ、入りなさい」

兵庫はお美代をうながした。二人が居間に入ると、

「あっしは茶をいれてきやすので」

と、以蔵がぴしゃりと襖を閉めて台所に去った。

「で、話というのは？」

「これをごらんくださいまし」

お美代が懐中から折り畳んだ書状を取り出した。けげんそうに受け取って、兵庫は書面に視線を走らせた。その顔がしだいに険しさを増してゆく。

書状には七年前の三ツ股工事の不正事件や偽装心中事件の真相、そして、それらの事件に関わった人物の名と悪行の数々が綿々とつづられ、末尾に、

「美代へ。私が明け方までにもどらなければ、この書状を鳥見役・乾兵庫どのへ届け、添付けの金子(きんす)を持って、遠州の伯父上(おじうえ)のもとへ身を寄せよ。香取辰之介」

と、したためられてあった。

書状を読み終えて、兵庫がゆっくり顔を上げた。

「おれと香取どのは、たった一度だけ……、それも偶然に出会っただけだ」

「偶然に？」

「いま思えば、あのときに本当のことを打ち明けるべきだった」

「本当のこと、と申しますと？」

「香取どのの味方だとな。……もっとも、それをいったところで、香取どのが信じてくれたかどうかはわからん。あとになっておれが敵でないことに気づいたのだろう」

「乾さま」

ふいにお美代が両手をついて頭を下げた。

「お願いでございます。香取さまをお助けくださいまし」

「……………」

一瞬、兵庫は返答に窮した。この女は香取辰之介が死んだことをまだ知らない。滝沢の屋敷に捕らわれていると思っているのだろう。事実を告げるべきかどうか迷った。

「一つ、訊きたいことがある」

「はい？」

「おまえと香取どのは、どういう仲なのだ」

「香取さまは……、わたしの命の恩人です」

お美代はためらいながら、しかし淀（よど）みのない口調で、自分の身の上や香取辰之介との出会い、その後のいきさつなどを語った。

「ほう」

兵庫の口から吐息が洩れた。香取とお美代の出会いよりも、お美代が廻船問屋（かいせん）『湊屋』の一人娘であることに、兵庫は驚かされた。

「この書状に書かれている遠州の伯父というのは……？」

「母方の伯父です。遠州掛川で海産物問屋をいとなんでいます」

「そうか」

兵庫は思案した。やはり事実を打ち明けるべきだろう。そのほうがお美代のためにもなるし、香取辰之介の遺志にも添うことになる。一拍の間をおいたあと、意を決して、

「香取どのは死んだ」

ずばりといった。事実を伝えるためには言葉を飾る必要はない。飾ったところで何の慰めにもならないし、悲しみや衝撃がやわらぐわけでもない。事実をどう受け止めるかは、お美代自身の問題なのだ。

「まさか」

お美代は絶句した。信じられないというより、信じたくないといった顔である。

「これは事実だ」

「………」

お美代の眼に涙があふれた。唇がわなわなとふるえている。たまらず両手をついて嗚咽した。その白いうなじに眼をやりながら、

「この書状に金子が添えてあったはずだが……」

兵庫がやさしく問いかけた。お美代がこくりとうなずいた。

「香取どのはおまえの身の上を案じていた。その金子を持って掛川の伯父のところに身を寄せるがいい。それが香取どのへの何よりの供養だ」

ふっとお美代が顔をあげた。何かを訴えるような眼をしている。

「わかっている。このままではおまえの気持ちも収まるまい。香取どのの無念はおれが晴らしてやる。おまえの住まいはどこだ？」

「神田多町の……、搗米屋徳右衛門さん方に店借りをしています」

「そうか。つらいだろうが、しばらくその家で待っていてくれ。必ずおれが香取どのの仇を討ってやる」

「乾さま」

「ただし、このこと、かまえて他言はならんぞ」

「はい」

お美代が気丈にうなずいた。見ひらいたその眼に、もう涙はなかった。居住まいを正してまっすぐ兵庫の顔を見据え、

「突然お邪魔いたしまして……、ご無礼をお許しくださいませ」

詫びをいって立ち上がると、

「失礼いたします」

と一礼して出ていった。

兵庫は見送らなかった。玄関を出て行くお美代の足音を聞きながら、

「以蔵」

奥に声をかけた。からりと襖が開いて、以蔵が入ってきた。

「話は聞いたな？」

「へい。しっかりと……」

「滝沢の動きを探ってもらえんか」

「殺（や）るんですかい？」

「御支配には内緒だ。できれば今日中に片を付けたい」

「わかりやした。六ツ（午後六時）ごろまでには何とか……」

3

約束どおり、以蔵は六ツちょうどにもどってきた。

「どうだ？　何かわかったか」

「へい。滝沢は今夜五ツ（午後八時）、他行（たぎょう）するそうで」

これは滝沢の屋敷に出入りしている陸尺（駕籠かき）から入手した情報である。

「行き先は一橋さまのお屋敷、供は二人だそうです」

「なるほど」

兵庫が深々とうなずいた。

「滝沢も一橋刑部卿の一派だったか……」

「供はたった二人ですからね。公用じゃねえでしょう」

「三ツ股の埋め立て工事も一橋刑部卿の建策だったと聞くが、どうやらまた何か二人で企んでいるのかもしれねえな」

「へえ。両国橋の架け替え工事が行われるってうわさもありやす」

「今夜の他行はそれの打ち合わせか」

「おそらく……、けど、旦那」

と、以蔵は気づかわしげな眼で兵庫の顔を見た。

「殺る前に御支配のご裁可を仰いだほうが」

「これは仕事じゃねえ。香取辰之介の仇討ちだ」

苦いものを吐き出すような口調でいった。

兵庫の胸中にたぎり立つ怒りの源泉は、父・清右衛門の死にあった。滝沢山城守によって惨殺された辰之介の死と、阿片密造一味の黒幕によって惨殺された清右衛門の死が、兵庫の脳裏で重なっていた。怒りは理屈ではない。感情である。そして人間の感情というものは、他者に支配されるものでは決してない。

――御支配の指図は受けぬ。滝沢はおれの独断で殺る。

その決意が兵庫の顔に表れていた。以蔵は兵庫の性格を誰よりもよく知っている。説得しても無駄だと思い、

「あっしもお手伝いいたしやしょうか」

と訊いたが、兵庫はかぶりを振って、

「供侍二人なら、おれ一人で十分だ。ご苦労だった。これで酒でも飲んでくれ」

ふところから小粒（一分金）を取り出して、以蔵の手ににぎらせた。

「遠慮なく」

と、押しいただいて、

「じゃ、あっしはこれで」

ぺこんと頭を下げて、以蔵は出ていった。それを見送ると、兵庫は台所に行って冷や飯に湯をかけて腹に流し込み、身支度にとりかかった。

小袖の下に鎖帷子（くさりかたびら）を着込み、裁着袴（たつつけばかま）をはき、黒革の手甲脚絆（てっこうきゃはん）をつける。念のために覆面用の黒布をふところに入れ、両刀を腰に差して組屋敷を出た。

時刻は六ツ半（午後七時）ごろ。宵闇がひっそりと江戸の街をつつみ込んでいる。

組屋敷を出て小半刻後に、兵庫は護持院ケ原の三番原に立っていた。

正しくは、この界隈を神田錦町という。元禄二年（一六八九）、この地に筑波山護持院が建立されたが、享保二年（一七一七）に焼失し、以来、その跡は火除け地として原にされた。一番原から四番原まであり、総面積は二万五千坪、ときには将軍家がこの原で遊猟することもあったという。

護持院ケ原の南側には、外濠をへだてて一橋家の屋敷がある。滝沢山城守の一行が一橋家の屋敷に行くには、三番原の前を通って一橋御門をくぐらなければならない。

兵庫はそれを待ち受けているのだ。

待つこと寸刻、闇の彼方にぽつんと小さな明かりが浮かび立った。

提灯の明かりである。

兵庫はふところから黒布を取り出し、すばやく面をおおった。

提灯の明かりが近づいてくる。屈強の侍が駕籠を先導し、もう一人の侍が駕籠の後方についている。滝沢山城守の駕籠に違いなかった。一行が五間の距離に接近したとき、
たっ
と地を蹴って、兵庫が跳び出した。

「曲者！」

叫ぶやいなや、二人の侍が抜刀して駕籠の前に立ちふさがった。斬る構えではなく、あくまでも主君を護るための防御の構えである。二人の陸尺は度肝をぬかれ、駕籠を放置して一目散に逃げ去った。

兵庫が矢のように突進してくる。

「おのれ！」

一人が猛然と斬りかかってきた。上段からの拝み討ちである。一瞬速く、兵庫の刀が鞘走っていた。低い体勢からすくい上げるような紫電の一刀——地生ノ剣である。あたり一面に血が飛び散り、刀をにぎった侍の腕が、どさっと音を立てて地面に落ちた。肘から下が両断されている。人間は腕を失うと平衡感覚が狂うというが、実際、侍はよろめきながら、前のめりに倒れ伏した。

その間に、もう一人が左方から横殴りの斬撃を送ってきた。兵庫の刀がそれを受けて鏘然と鳴った。ぱっと火花が散る。その瞬間に兵庫は左手で脇差を抜いていた。

侍の動きが止まった。立ちすくんだまま、信じられぬ顔で腹のあたりを見ている。衣服が裂け、腹がざっくりと割られ、そこから白いはらわたがどろりと垂れ下がっていた。侍は刀を投げ捨て、あわてて垂れ下がったはらわたを腹の中に押し込みはじめた。

それを横目に見ながら、兵庫はゆっくり駕籠の前に歩み寄り、刀の切っ先で簾をは

ね上げた。駕籠の中で背を丸めてふるえている滝沢に、

「滝沢山城守だな？」

低く、誰何した。

「う、うぬは何者じゃ！」

「香取辰之介」

「なに！」

「地獄から迎えにきたぜ」

いうなり、切っ先をはね上げた。滝沢の首すじから音を立てて血が噴き出した。白目をむいて虚空をかきむしる。気のせいか、滝沢の太い猪首がみるみるしぼんでいくように見えた。

兵庫は両刀の血ぶりをして鞘に納め、駕籠の中で悶絶する滝沢に冷やかな一瞥をくれると、覆面をはずして足早に闇の彼方に去って行った。

外濠沿いの道を東に向かってしばらく行くと、神田橋御門の前に出た。

そこから道が広くなっている。通称「鎌倉河岸」。徳川氏が江戸城築造のさい、鎌倉から運んできた石材をこの河岸から揚げたところから、その名がついたといわれている。

当初、鎌倉河岸の北側は武家地だったが、天和三年（一六八三）の大火で、そのほとんどが焼亡し、以後、全域が町屋になった。手前に見える町灯りは神田三河（みかわ）町である。

兵庫はそこを左に折れた。

三河町は魚屋が多く、毎朝魚市が開かれるので、一名「新小田原町」とも呼ばれている。むろん、いまはどの店もひっそりと戸を閉ざしている。

滝沢の駕籠を放置して逃げた陸尺たちが辻番所に通報し、いまごろ大騒ぎになっているに違いない。二千石の旗本が供侍もろとも斬殺されたのだ。公儀目付（こうぎめつけ）はもとより、幕府あげての探索網がしかれているかもしれぬ。

そんなことを考えながら、兵庫は三河町三丁目の角を右に折れた。そこから三丁ほど行ったところに多町がある。

搗米屋徳右衛門方の貸家は、多町一丁目の裏路地にあった。お美代はまだ起きているのだろう。障子窓にゆらゆらと灯影（ほかげ）がゆらいでいる。

引き戸を開けて、玄関の三和土（たたき）に立つと、奥からお美代が飛び出してきた。

「乾さま……！」

「約束どおり、香取どのの仇を討ってきた」

「えっ」

一瞬、お美代は瞠目したが、気を取り直して、

「あ、あの、むさ苦しいところですが、どうぞお上がりくださいまし」

「いや、ここでいい。水を一杯もらえんか」

「はい」

と、奥に去って、茶碗に水を入れてきた。兵庫はそれを一気に飲みほし、

「一つ、訊きたいことがある。『武蔵屋』に店を乗っ取られたとき、不審なことに気づかなかったか？」

「不審なこと、と申しますと？」

「たとえば背後に侍の影が見え隠れしていたとか」

「さあ」

お美代は小首をかしげて思案したが、ふと思い出したように、

「そういえば、店を明け渡す前の日、松前藩のお侍さんが訪ねてまいりましたが」

「松前藩？……江戸詰めの侍か？」

「いえ、お国元のお侍さんでした。名前は倉橋与四郎……。『武蔵屋』さんと一緒に江戸藩邸のお留守居役がこなかったか、と訊かれました」

「で？」

「そういうお方はお見えになったことはありませんと答えると、そのお侍さんは、自

分が訪ねてきたことは内密にしてくれといって、足早に立ち去りました」

「そうか」

と一拍の間をおいて、

「……ところで」

兵庫が話題を変えた。

「いつ江戸を発つつもりだ?」

「香取さまのご無念を晴らしていただいたので、もう思い残すことは何もありません。明日の朝一番で発つつもりです」

「それを聞いて安心した。道中くれぐれも気をつけてな」

「ありがとうございます」

深々と頭を下げるお美代に、ふっと笑みを投げかけて兵庫は踵をめぐらせた。

千駄木の組屋敷にもどったのは、四ツ(午後十時)少し前だった。

丸太門の前で、兵庫はけげんそうに足を止めた。居間の障子に明かりがにじんでいる。

(こんな時分に誰だろう?)

いぶかりながら廊下に上がると、いきなり奥から、

「兵庫か」

　野太い声が飛んできた。組頭・刈谷軍左衛門の声である。兵庫は手早く黒革の手甲脚絆をはずして居間に入った。軍左衛門が部屋の真ん中にどかりとあぐらをかいて、持参の徳利の酒を茶碗についで飲んでいた。

「御支配……」

「どこへ行っていた？」

　軍左衛門がぎろりと見上げた。兵庫はその前に腰を下ろし、

「上野池之端で飲んできました」

　さらりと嘘をついた。軍左衛門はそれを聞き流して、

「えらい騒ぎになってるぞ」

　独語するようにぼそりといった。

「騒ぎ？」

「神田錦町で滝沢山城守が何者かに斬殺されたそうだ。供侍ともどもにな」

「ほう」

「兵庫」

　ことりと茶碗をおいて、軍左衛門が向き直った。いつになく厳しい眼つきをしている。

「おぬしの性分は、誰よりもこのわしが一番よく知っている」

「…………」

「正直に申せ。おぬしが殺ったのだな？」

「はい」

意外にあっさりと兵庫は認めた。隠しても無駄だと悟ったからである。

「組頭のわしに何の相談もなしにか？」

軍左衛門が咎めるような口調でいった。

「あれは仕事ではありません。香取辰之介を助けてやれなかったことへの、せめてもの償いです」

軍左衛門は無言のまま、ふたたび茶碗を取って残った酒を飲みほし、ふところから短刀を取り出すと、兵庫の膝前においた。

「どういうことですか、これは」

兵庫が不審な眼で見返した。

「腹を切る覚悟はあるか」

「腹を……！」

「これはおぬしだけの問題ではない。ことが発覚したら、鳥見役二十七名に禍がおよぶ。それを回避するためにも、おぬしには腹を切ってもらわなければならん」

軍左衛門の声は苦い。

「むろん、ことが発覚したらの話だが……」

「腹を切る覚悟はあります」

きっぱりと応えた。組織の枠を越えて独断で行動した以上、その結果責任を負うのは当然のことだと兵庫は思っている。

「御支配はもとより、仲間にはいっさい迷惑はかけません」

「そうか」

軍左衛門は深くうなずき、

「ならば、もう何も申すまい」

差し出した短刀を懐中に納めると、持参した徳利をぶら下げて立ち上がり、

「この事件は根が深い。探索の手をゆるめるでないぞ」

いいおいて、退出した。

4

「なに、山城守が殺された？」

岩田源十郎が眼をむいた。前に久兵衛が蒼白な顔で座っている。

事件翌日の午下がり、『武蔵屋』の母屋の二階部屋である。二人のほかに岩田がかき集めた五人の浪人者が部屋のあちこちにごろごろしている。

「妙だな」

と、源十郎が腕組みをして険しい眼を宙にすえた。

「香取辰之介は死んだはずだぞ」

「岩田さまがおっしゃったとおり、ほかに仲間がいるのでは……」

久兵衛が声をふるわせていった。

「それにしても、普請奉行の駕籠をねらうとは不敵なやつらだ。ひょっとすると……」

源十郎の眼がぎらりと光った。

「公儀の密偵の仕業やもしれんぞ」

「ご公儀の……！」

久兵衛が息を飲んだ。

「老中や若年寄の配下には大名・旗本を監察する〝影の者〟がいると聞く。もしそやつらの仕業だとすれば……」

次にねらわれるのは久兵衛だ。むろん久兵衛自身もそれを知っている。

「岩田さま」

すがるような眼で見る久兵衛に、

「心配するな。おぬしの命はわしらが護ってやる。今夜から交代で不寝（ねず）の番をしよう」

「よろしくお願いいたします」

「ところで武蔵屋」

「はい」

「念のために三ツ股の埋め立て工事に関する帳簿や書類は、いまのうちに始末しておいたほうがいいぞ」

「わかりました。では、さっそく」

「おい、手伝ってくれ」

と、源十郎が浪人たちに声をかけて立ち上がった。

久兵衛の指示を受けて、浪人たちが土蔵の中から分厚い帳簿や書類を運び出す。それを中庭に積み上げて源十郎が火を放つ。山積みにされた帳簿や書類がめらめらと燃え上がった。

源十郎はその炎を見つめながら、かたわらに立っている久兵衛に、

「おぬしのほかに七年前の秘密を知っているのは……？」

小声で訊いた。

「番頭の伊兵衛と小頭の仙八だけです」

「信用できるのか、その二人」

「伊兵衛は親子二代にわたって当家に仕えている、いわば身内同然の男ですので、店の秘密を外にもらすようなことは決して……」

「仙八はどうだ？」

「あの男、仕事はできるのですが、ただ……」

「ただ、何だ？」

「金遣いが荒いのが気になります。伊兵衛の話によると、毎月のように給金の前借りにくるとか」

「金に忙しいやつは信用できぬ。禍の芽は早めに摘み取っておいたほうがよかろう」

「摘み取る……！」

「わしに任せておけ」

にやりと嗤って、源十郎は庭の枝折戸を押して出ていった。

母屋の裏手は広大な木場になっている。水路が網の目のように走り、上州や木曾から筏流しで送られてきた杉・松・檜などの木材があちこちに山積みにされ、丸に『武』の字を染めぬいた印半纏の木場人足たちが黙々と立ち働いている。

木場の一角に丸太組の人足小屋が立っている。

源十郎は、木材の山の陰をひろいながら、人足小屋に歩み寄った。立てつけの悪い板戸を引き開けて中に入ると、四十がらみの貧相な男が一人で茶をすすっていた。

小頭の仙八である。源十郎の姿を見て、

「あ、岩田先生……」

あわてて立ち上がり、

「あっしに何か御用ですかい」

と訊いた。

「急な用事ができた。旅に出てもらいたい」

「旅に？」

「冥土の旅だ」

「えっ」

と、後ずさった瞬間、源十郎の抜きつけの一刀が刃唸りを上げた。と同時に、何かがごろんと土間のすみに転がった。仙八の首である。胴体だけがその場に残っていた。截断された首から血を噴き出しながら、一瞬、両足を踏んばるように立っていたが、すぐに膝が折れて前のめりに崩れ落ちた。

源十郎は懐紙で刀の血脂を拭って鞘に納め、何食わぬ顔で小屋を出ていった。

夕靄が立ちこめる神田川の川面を、船提灯を灯した大小の船がひっきりなしに行き来している。屋根舟に芸者を同乗させて船遊びをしている旦那衆もいた。

そんな光景をぼんやりながめながら、以蔵は手酌で酒を飲んでいた。

柳橋の船宿『船清』の二階座敷である。

三日前、兵庫に頼まれて松前藩の内情にくわしい者を探していたのだが、この日ようやく昔の仲間から松前藩の上屋敷で中間をしていた卯之吉という男を紹介され、『船清』で会うことにしたのである。

中間といっても、卯之吉は口入屋から斡旋された渡り中間で、あちこちの大名家を転々と渡り歩いている根なし草だった。常雇いの中間は律儀で口が堅いが、根なし草の渡り中間は忠義心のかけらも持ち合わせていない。情報を取るにはうってつけの男なのだ。

「ごめんなすって」

ほどなく卯之吉が入ってきた。三十五、六の間延びした顔の男である。

「呼び立ててすまねえな」

「どういたしやして」

「ま、一杯」

以蔵が猪口に酒をついで差し出す。それをキュッと飲みほして、

「で、あっしに訊きてえってことは?」

卯之吉が探るような眼で訊いた。

「おめえさん、二年前まで下谷の松前藩の屋敷に奉公していたそうだな」

「へい」

「そのころ、国元から倉橋与四郎って侍が出府してこなかったか？」

「ああ、倉橋さまならよく憶えておりやすよ。若いのに偉ぶったところのない、実直な人柄でしてね。お屋敷の奉公人からも慕われておりやした」

卯之吉の話によると、国元で勘定改方をつとめる倉橋与四郎は、江戸藩邸の財務監査のために年に三度ほど出府していたという。

「出府の月は決まってたのかい」

「一月と五月と九月の三度です」

「今月がその月だが、倉橋さんが江戸に出てきたって話は……？」

「聞いておりやせんねえ。ひょっとしたら取りやめになったんじゃねえかと」

「取りやめ？」

「お留守居役の日根野さまが国元に横槍を入れたのかもしれやせん。前々から倉橋さまのことを煙たがっておりやしたから」

「何か後ろ暗いことでもあったのか」

「くわしいことはわかりやせんが、日根野さまは藩邸の金を一手ににぎっておりやしたから、倉橋さまに探られては困ることでもあったんじゃねえでしょうか」

「なるほど……」

卯之吉の口ぶりからすると、どうやら松前藩の国元と江戸藩邸との間には深刻な対立があるようだ。

「話は変わるが、倉橋は江戸にいる間どんな暮らしをしてたんだい」

「まじめな人でしたからねえ。昼間は勘定部屋に閉じこもって、ほとんど帳簿と首っぴきでしたよ」

「夜は？」

「たまに鳥越（とりごえ）の『千歳（ちとせ）』って小料理屋に飲みに行ってたようです」

「『千歳』か」

それだけ聞けば十分だった。また、それ以上聞いたところで、渡り中間ごときが藩邸の極秘情報を知るわけはない。ふところから小判を一枚取り出し、

「ほんの気持ちだ。とっといてくれ」

と、差し出した。

「へへへ、こいつはどうも……」

満面に笑みを浮かべて、卯之吉は小判を受け取った。

それから四半刻（三十分）後。

以蔵は浅草鳥越の路地を歩いていた。

　正確には、この町を元鳥越町という。正保二年（一六四五）、町の一部が上地されて、替え地を山谷堀北側に給され、そこを新鳥越町と称したため、この町の名に「元」がついたのである。

　せまい路地の両側に居酒屋や煮売屋、一膳飯屋、小料理屋など、飲み食いを商う小店がひしめくように軒をつらねている。『千鳥』は、その路地の西はずれにあった。間口二間ほどの小さな店である。まだのれんは出ていない。

　引き戸を開けて中に入ると、三十四、五と見える女が料理の仕込みをしていた。この店の女将であろう。粋筋らしく面立ちに婀娜っぽさを残している。

　突然入ってきた以蔵の姿を見て、女が驚いたように手をとめて振り返った。

「何か？」

「つかぬことを訊くが、最近この店に倉橋って侍はこなかったかい？」

「お見えになりましたよ。三日ほど前に」

「三日前？　一人でか」

「ええ、お一人でした」

　やはり倉橋は江戸に出てきていたのである。

「そうかい。邪魔したな」

『千鳥』を出ると、以蔵はその足で下谷新寺町の松前藩邸に向かった。

倉橋与四郎の出府を確認するためだったが、奇妙なことに、門番は倉橋の姿を見たことがないという。

(とすると……)

考えられるのは、どこか別の場所に滞在しているということである。

5

浅草御蔵前(おくらまえ)の西側、奥州街道に面したところに元旅籠町(もとはたごちょう)という町屋がある。一丁目から二丁目まであり、その町名が示すとおり、旅籠や木賃宿が軒をつらねている。

二丁目の南角に『陸奥屋(むつや)』の看板をかかげる比較的大きな旅籠があった。

ちょうど夕食時を迎えて、女中や仲居たちがあわただしく立ち働いているところへ、一人の武士がふらりと入ってきた。装(な)りから見て、泊まり客ではなさそうだ。

土間で客たちの履物を片づけていた下足番の老爺(ろうや)がいぶかるように、

「何か？」

と声をかけた。武士はしきりに表の様子を気にしながら、

「倉橋与四郎どのの部屋はどこだ？」

声をひそめて訊いた。

「はあ、二階の鶴の間でございます」

老爺が答えると、武士は物もいわず上がり込み、正面の階段を登っていった。

鶴の間は、二階の廊下の奥にあった。武士が障子を引き開けて中に入ると、

「おう、伊織。待っていたぞ」

夕食を食べていた武士が顔を上げた。

歳は二十八、九。色の浅黒い、精悍な面立ちをした男――蝦夷松前藩勘定改方・倉橋与四郎である。伊織と呼ばれた武士は、江戸詰の藩士・能瀬伊織。色白の痩身で倉橋よりやや若く見える。

「おひさしぶりです」

伊織が一礼して腰を下ろした。

「藩邸の様子はどうだ？」

「日根野の権勢は日増しに強まる一方です。江戸藩邸は日根野一派に乗っ取られたといっても過言ではありません」

伊織が吐き捨てるようにいった。

「江戸家老の奥山どのは、それを黙認しているのか」

「重臣のほとんどは日根野に懐柔されました。もはや奥山どのはただの飾り物にすぎません」

「そうか」

冷めた茶をすすりながら、与四郎が暗澹（あんたん）とうなずいた。

松前藩は、幕藩制の基盤ともいうべき米がまったく取れなかったので、財政のほとんどを蝦夷地の産物や木材、鷹などを商品とする交易商人からの運上金や雑税に頼っていた。

門閥（もんばつ）家臣の中には、そうした地域ごとの交易利権（商場）を代々独占し、藩主に匹敵するほどの経済力を持つ者もいた。その経済力を背景に、彼ら門閥家臣たちは藩政を左右するほどの発言権を持ちはじめたために、藩主の権力は弱体化し、藩内の権力抗争があとを絶たなかった。

延宝二年（一六七四）から享保元年（一七一六）にいたる四十二年間に、国元の松前と江戸藩邸で、謎につつまれた家老の変死事件が六件も起きている。

延宝二年、家老・蠣崎広隆（かきざきひろたか）。
同六年、家老・松前広忠（まつまえひろただ）。
同六年、家老・松前幸広（ゆきひろ）（広忠の弟）。
天和元年、家老・蠣崎広明（ひろあき）（広隆の弟）。
宝永六年、家老・蠣崎広久（ひろひさ）。
享保元年、家老・蠣崎広武（ひろたけ）（広明の子）。

いずれも藩祖以来の有力門閥家臣である。

この六人の家老の死については、松前藩の正史『福山秘府（ふくやまひふ）』にも、ただ「変死」と記されているだけで、その理由は何ひとつ明らかにされていない。藩内の権力抗争が外部に洩れるのをおそれて、松前藩がひた隠しにしたからである。

そして、蠣崎広武の変死以来、六十三年たった現在も、藩内の抗争は水面下でひそやかに進行していた。

筆頭家老・村上主膳（むらかみしゅぜん）と次席家老・篠山蔵人（しのやまくらんど）の対立である。

九代藩主・松前道広（みちひろ）の妹を正室に迎え、事実上、藩政の実権をにぎっている村上主膳に対して、次席家老の篠山は交易利権による圧倒的な経済力で、筆頭家老の座を脅かそうとしていた。その篠山のふところ刀といわれているのが、江戸留守居役の日根野三右衛門である。

日根野が江戸の材木商『武蔵屋』を通じて、松前藩の専売品ともいうべき木材を不正に売買しているとのうわさは、以前から藩内でささやかれていた。その実態を調査するために江戸に派遣されたのが、勘定改方の倉橋与四郎だった。

それに危機感をいだいた日根野は、次席家老の篠山を通じて、倉橋与四郎の江戸行きを阻止しようとした。

だが、事前にそれを察知した筆頭家老の村上主膳は、ひそかに与四郎を呼び寄せて、

「そちに暇をつかわす」

と申し渡した。

つまり藩籍を離れて日根野の不正を探れということである。むろん、これは偽装である。与四郎が藩籍を離れて一介の浪人になれば日根野も油断するだろう、と村上は読んだのだ。与四郎はその意を受けて藩を致仕し、江戸に出てきたのである。

「伊織」

与四郎が真剣な面持ちで伊織に向き直った。

「おれは命がけで江戸に出てきた。日根野の不正の証を手に入れるまでは、死んでも国元には帰れんのだ」

「わかってます。わたしも命は惜しみません。お役に立てることがあれば何なりとお申しつけ下さい」

伊織は与四郎の親友の弟である。江戸藩邸で信頼できるのは、この男しかいない。

「日根野は、おれに表の帳簿しか見せなかった。あれはただのつじつま合わせにすぎん。ほかに裏帳簿があるはずだ。何としてもそれを手に入れたいのだが」

「その裏帳簿は日根野が……?」

「持っているはずだ」

「わかりました。菊乃に頼んでみましょう」

菊乃とは伊織の許嫁で、日根野付きの腰元をしている女である。危険な仕事だが、日根野の部屋に自由に出入りできるのは菊乃しかいない。気丈な性格なので、きっと引き受けてくれるでしょう、と伊織はいった。

「三日ほど猶予をいただければ、かならず」

「この旅籠は人目につく。どこか別の場所で落ち合うことにしよう」

「竹町の渡し場はどうですか」

竹町の渡し場は、本所中之郷竹町と浅草材木町とをむすぶ渡し場のことである。古くは「業平の渡し」とか「駒形の渡し」と呼ばれ、浅草と本所をむすぶ唯一の渡し舟として繁盛していたが、五年前（安永三年）に吾妻橋が創架されてから、渡し舟の客は激減した。

その竹町の渡し場で三日後の五ツ（午後八時）に落ち合うことになり、

「では」

と一礼して、伊織はそそくさと旅籠を出ていった。

夜道を歩きながら、伊織はいささか後悔していた。与四郎の手前、

「菊乃に頼んでみましょう」

といったものの、正直なところ菊乃に危険な仕事をさせたくなかった。むろん菊乃

はこころよく引き受けてくれるだろう。だが、万一失敗したらただではすむまい。自分はどうなってもかまわないが、菊乃の身に禍がおよぶのは耐えられない。それを考えただけで胸が痛んだ。

菊乃は江戸藩邸の馬廻り役・武井文左衛門(たけいぶんざえもん)の一人娘である。幼いころに母親を病で亡くし、父の文左衛門と二人で藩邸内の長屋で暮らしていたが、その文左衛門も二年前に心の臓の発作で他界し、それ以来、日根野付きの腰元として奉公していた。

今年十九歳。藩邸内でも評判の美人腰元である。その菊乃と来春祝言(しゅうげん)を挙げることになっていた。いかに与四郎の頼みとはいえ、いずれ妻となる菊乃に危ない橋を渡らせるわけにはいかない。これは自分でやるべき仕事だと思った。そのほうが悔いはあるまい。

日根野は、留守居役という職掌上、他出することが多い。その留守中に監視の眼を盗んで日根野の部屋に忍び込み、書庫を物色すれば裏帳簿が見つかるに違いない。

だが……、

もし監視の横目付に見つかったら腹を切らされる羽目になるだろう。成否は五分と五分である。その五分に賭けてみよう、と意を決して三味線堀の東南にさしかかったとき、突然、行く手にぬっと黒影が立ちはだかった。

伊織は、思わず足を止めて、闇を透かし見た。

黒影がゆっくり近づいてくる。横目頭（よこめがしら）の兵藤甚内（ひょうどうじんない）だった。

「兵藤さん！」

瞠目する伊織を蛇（へび）のような眼で一瞥（いちべつ）し、

「伊織、こんな時刻までどこへ行っていたのだ？」

兵藤が詰問した。

「夕飯を食べに行ってきました」

「誰と一緒だった？」

「一人です」

「とぼけるな！」

兵藤が一喝した。

「正直にいえ。倉橋与四郎に会ってきたのであろう」

図星をさされて、伊織は激しく狼狽（ろうばい）した。

「そうなんだな？　与四郎はどこにいる？」

「し、知りません。わたしは一人で夕飯を食べてきたんです」

「どうしてもいえぬとあらば……」

兵藤の右手が刀の柄にかかった。反射的に数歩跳び下がって、伊織は背後をふり返った。いつの間にか、そこにも二人の横目が立っていた。

「力ずくでも吐かせてやる」

兵藤が抜刀する。それに呼応して背後の二人も刀を抜き放った。

「ほ、本当です。本当にわたしは何も……」

「問答無用」

背後の二人が斬りかかってきた。と見た瞬間、伊織も刀を抜いて一人の切っ先をはね上げた。二人の横目が左右に跳んで身構える。

「殺すな。手捕りにいたせ」

兵藤の下知を受けて、二人の横目が峰を返し、左右から襲いかかった。右からの一撃を、伊織は体をそらしてかろうじてかわしたが、一拍遅れて踏み込んできたもう一人の刀が、伊織の肩口に叩きつけられた。

がつっ。

と鈍い音がして刀の峰が肩に食い込んだ。肩から脳天に激痛が走り、眼の前が真っ暗になった。体が急速に闇の底に沈んでゆく。意識を失って、伊織は地面に倒れ伏した。

第五章　竜神丸

1

　ふっ、と意識がもどった。首すじから後頭部にかけて鈍痛が残っている。

　自分の身に何が起きたのか、伊織にはまだ理解できなかった。首をめぐらせて周囲を見渡した。薄暗い、板敷きの部屋である。掛け燭(じょく)の明かりがかすかにゆらいでいる。

「気がついたか」

　不意にくぐもった声がひびき、眼の前に横目頭(よこめがしら)の兵藤甚内が立ちはだかった。それを見て、伊織はようやく自分がおかれている状況を悟った。

　松前藩江戸藩邸内の横目屋敷の一室である。

　その部屋の柱に、伊織は後ろ手でしばりつけられていた。

「さて」

と手にした竹刀をビュンと一振りして、

「わしの問いに素直に答えてもらおうか」

兵藤が冷やかな眼で伊織を見下ろした。

「倉橋与四郎はどこにいる？」

「知りません」

決然と応えて、伊織は眼を閉じた。

「知らぬはずはあるまい」

「………」

「それとも忘れたのか」

「………」

伊織は口を引きむすんだまま、沈黙している。

「では、思い出させてやろう」

いうなり、力まかせに竹刀を叩きつけた。後頭部への一撃である。伊織の上体がぐらりと揺れた。さらに突き上げるような一撃が、伊織の胸を襲った。

「うっ」

一瞬、息がつまった。それでも伊織は貝のように口を引きむすんでいる。

「吐けッ」

わめきながら、兵藤は容赦なく打擲する。衣服がずたずたに裂け、むき出しになった肌から鮮血がほとばしる。見るまに伊織の顔面が青紫に腫れあがっていった。

全身に激痛が奔る。

過酷な拷問は小半刻ほどつづいた。まるで朱泥をかぶったように、伊織の全身は血まみれである。打ちすえるたびに竹刀が割れてささくれだってくる。割れた竹が棘となってむき出しの肌に突き刺さる。文字どおり針を刺すような痛みだ。

その痛みも、やがて感じなくなった。しだいに意識が薄れてゆく。さすがに兵藤も打ち疲れて、大きく肩で息をつきながら打つ手を止めた。

「しぶとい男よのう」

つぶやきながら、忌ま忌ましげに伊織の顔をのぞき込んだ。両眼のまぶたが腫れ上がり、口のまわりが鼻血で真っ赤に染まっている。無惨の一語につきた。

「わしをなめるなよ、伊織」

伊織はうなだれたまま微動だにしない。

「貴様の口を割る策は……、まだある」

そういうと、兵藤はゆっくり背を返して、正面の障子を開け放った。

「あれを見ろ、伊織」

伊織が力なく顔を上げた。開け放たれた障子の奥は、八畳ほどの畳部屋になっている。燭台の百目蠟燭の明かりの中に、ぼんやりと何かが浮かび立っている。

腫れ上がった眼で伊織は必死にそれを凝視した。ようやく焦点が定まったその瞬間、

（あっ）

と息を飲んだ。

部屋の真ん中に矢絣の着物を着た若い女が立っていた。腰元の菊乃である。よく見ると、ただ立っているだけではなかった。口に猿ぐつわを咬まされ、両手を麻縄でしばられて天井の梁に吊るされている。左右に横目が二人仁王立ちしている。

「菊乃……！」

大声で叫んだつもりだったが、声がかすれて叫びにはならなかった。

「いい女だ」

兵藤は口元に好色な笑みをにじませて、

「貴様もさぞいい思いをしたであろう」

やおら脇差を抜き放つと、菊乃の胸元に刃先を差し込み、ばさっと帯を切り裂いた。矢絣の着物の前がはらりと左右にはだけた。その下は眼にもあざやかな緋色の長襦袢である。

兵藤の脇差が長襦袢のしごきを断ち切った。白い胸乳があらわになる。細身の体からは想像もつかぬほど豊かな乳房だ。下に真紅の二布をつけていた。二布とは腰巻き

のことである。

抜けるように白い肌が、羞恥のあまり桜色に染まっている。

兵藤は嗜虐的な笑みを浮かべながら、脇差の刃先で着物の肩口を切り裂き、袖を切り落とし、裳裾を裁ち……、さらに両手でびりびりと引き裂いてゆく。

「や、やめろ！」

たまらず伊織が悲鳴を上げた。肺腑をしぼるような声である。

菊乃はほとんど半裸になっていた。下は真紅の二布ひとつだ。その最後のものを、兵藤の手が容赦なく引きはがした。

一糸まとわぬ全裸である。白磁のようにつややかな裸身が、百目蠟燭の明かりを受けて妖しげに耀いている。十九歳といえば立派な女である。体も熟れている。

形のよい乳房、くびれた腰、肉づきのいい太股、しなやかな下肢、そして股間に茂る一叢の秘毛……。ふるいつきたくなるような裸身だ。

兵藤は、菊乃の背後にまわり込んで、腋の下から両手をまわし、むんずと乳房をわしつかみにして揉みしだいた。搗きたての餅のようにやわらかい乳房である。

猿ぐつわを咬まされた菊乃は、声を立てることもできず、苦悶に顔をゆがめながら体をくねらせている。

兵藤の右手が菊乃の下腹に伸びた。柔肌の感触を楽しむようにゆっくり腹部を撫でまわし、秘毛におおわれた恥丘を撫でおろす。絹のような手ざわりの秘毛である。指先が切れ込みに触れた。

「…………！」

菊乃が声にならぬ叫びを上げた。

「やめろ！……やめてくれッ！」

伊織が絶叫する。それを無視して、兵藤が、

「例のものを」

かたわらの横目に命じた。

「はっ」

と、うなずいて、横目が小筥の中から円筒状のものを取り出した。

女悦具——俗にいう張形である。尖端がこんもりと盛り上がった「兜形」という鼈甲製の張形だった。

それを受け取ると、兵藤は菊乃の背後に片膝をついた。二人の横目がすかさず菊乃の両足を持って股を開かせる。兵藤が指先で切れ込みを押し広げながら、張形の尖端を壺の中にねじり込んだ。

「ううっ」

うめき声を発して、菊乃がのけぞる。

「た、頼む！　やめてくれッ！　それだけはやめてくれ！」

伊織が叫ぶ。ほとんど悲鳴だった。

「ふふふ、女の体というのは正直なものだな」

卑猥(ひわい)な笑みを浮かべながら、菊乃の股間から張形を引き抜き、

「見ろ、濡れているぞ」

伊織の鼻先に突きつけた。尖端がぬれぬれと光っている。思わず伊織は顔をそむけた。

「どうだ？　吐く気になったか」

伊織が観念するように無言でうなずいた。

「与四郎はどこにいる？」

「居場所はわからん……、三日後の五ツに……、竹町の渡し場で会うことになっている」

とぎれとぎれに応えた。

旅籠(はたご)の名を打ち明けなかったのは、与四郎に対するせめてもの心づかいだった。その間に与四郎が異変を察知して逃げてくれればと、一縷(いちる)の期待をいだいたのである。

「三日後に竹町の渡し場か」

兵藤が確認するように聞き返した。

「問われたことには応えた。菊乃を放してやってくれ」

「そうはいかん」

「なに！」

「貴様には罰を与えんとな」

「罰？」

「わしらを裏切った罰だ」

といって、兵藤は袴（はかま）の紐（ひも）を解き、手早く衣服を脱ぎ捨てて、下帯一つの姿になった。浅黒く、肉の厚い鍛えられた裸体である。

「な、何をする気だ！」

「ふふふ、貴様の代わりに、わしがたっぷり可愛がってやる」

淫猥（いんわい）な笑みを浮かべて兵藤は背を返し、菊乃の正面に立ちはだかると、両手で乳房をわしづかみにして口にふくんだ。

「ひ、卑怯な！　約束が違うぞ！」

「約束をした覚えはない」

にべもなくいい放ち、菊乃の乳房を舌先でねぶりながら、兵藤は片手で下帯をはずした。股間に黒光りする一物がそそり立っている。

「おい、縄をはずせ」

兵藤の命を受けて、二人の横目が梁に吊るした麻縄をほどく。

どさっと音を立てて菊乃の体が畳の上に崩れ落ちた。両手はしばられたままである。身をよじって必死に逃げようとするが、兵藤がすかさず両足首をつかんで引きもどし、両膝を立たせて四つん這いにさせる。

菊乃の白い尻がひくひくとふるえている。その尻を両手でつかんで持ち上げ、脚を左右に開かせる。薄桃色のはざまがあらわになる。そこに屹立した一物をあてがい、尖端で切れ込みを撫でる。女の体の中でもっとも敏感でやわらかい部分である。その感触が何ともいえず心地よい。じわっと露がにじみ出てきた。一気に突き差す。

「ううっ」

猿ぐつわを咬まされた菊乃の口から、喜悦とも苦痛ともつかぬうめき声が洩れる。兵藤の腰が激しく律動する。

「どうだ、よいか。それ、それ、それ！」

わめきながら、平手でビシビシと菊乃の尻を叩き、犬のように後ろから責めつづける。あまりの激しさに菊乃の口から猿ぐつわがはらりとほどけ、

「あっ、ああ……」

期せずして、切なげな声が洩れた。兵藤に犯されながら、その恥辱とは裏腹に体が悦びを感じている。そんな声だった。

「聞いたか、伊織。菊乃がよがり声を上げているぞ」

腰を振りながら、兵藤が勝ち誇ったようにいう。

「け、けだものッ！」

血を吐くような叫びを上げて、伊織が天を仰ぐのと、兵藤が雄叫(おたけ)びを上げて果てるのが、ほとんど同時だった。引き抜いた一物の尖端から、おびただしい淫液(いんえき)が放出され、菊乃の背中に飛び散った。

ぐったりと腰を落とした兵藤の、ちょうどその尻の真下あたり――床下に身をひそめてじっと耳をかたむけている男がいた。黒布で頬かぶりをした以蔵である。

倉橋与四郎が藩邸の仲間と連絡(つなぎ)を取り合うに違いないとみて、数刻前から屋敷の周辺に張り込んでいたところ、能瀬伊織が兵藤一味に連れ去られる現場を目撃し、ひそかに屋敷の裏手から忍び込んで、横目屋敷の床下に潜入したのである。

瞬時、物音が絶えたあと、

「おい、こやつらを土蔵に押し込めておけ」

頭上で兵藤の声がした。と同時にずかずかと床を踏み鳴らす足音がひびく。

以蔵の眼がきらりと光った。

2

「ひでえことをしやがる」

乾兵庫が憤然と吐き捨てた。前に以蔵が胡座(こざ)している。

「で……」

怒りを抑えて、兵庫が訊き返す。

「その侍と腰元はどうなった？」

「屋敷の西はずれの土蔵に押し込められやした。いずれやつらはあの二人を殺すつもりでしょう」

「三日間の命だな」

三日後に倉橋与四郎が竹町の渡し場に姿を現す。それまでは伊織と菊乃を生かしておくつもりだろう。

「以蔵、すまねえが、勘兵衛どのを呼んできてもらえねえか」

「へい」

うなずいて、以蔵が出て行った。兵庫の家から森田勘兵衛の組屋敷は指呼(しこ)の距離である。ほどなく以蔵が勘兵衛を連れてきた。酒を飲んでいたらしく顔が赤い。

「夜分、申しわけありません」

兵庫が頭を下げると、勘兵衛はどかりと腰を下ろして、

「話は以蔵から聞いた。わしは何をすればいいのだ」

「三日後に兵藤一味は竹町の渡し場に向かいます。わたしは倉橋与四郎を助っ人します。その間に勘兵衛どのは土蔵に押し込められた二人を助け出してやって下さい」

「わかった。三日後だな」

勘兵衛はこころよく応諾した。

その三日が、またたく間に過ぎた。

朝から降りつづいていた雨が、夜になってぴたりとやんだ。それを待っていたかのように、森田勘兵衛は身支度をととのえて組屋敷を出た。

千駄木から湯島を経由して昌平橋（しょうへいばし）に向かう。そこで以蔵と落ち合う手はずになっていた。

六ツ半（午後七時）ごろ昌平橋に着いた。船着場に頬かぶりの以蔵が立っている。

桟橋につづく石段を下りてゆくと、以蔵が、

「お待ちしておりやした。どうぞ」

と猪牙舟（ちょきぶね）に案内し、もやい綱をほどいて舟を押し出した。

川面に白い霧が立ち込めている。一間先が見えぬほど深い霧だが、以蔵は巧みに櫓（ろ）

をあやつって川下に舟を押してゆく。

四半刻後、猪牙舟は大川に出た。霧の奥に本所の町灯りがにじんでいる。その灯りを右に見ながら大川を遡行し、浅草御蔵河岸の手前の掘割を右に曲がった。鳥越川である。この掘割を西に上ると新堀川につながり、三味線堀に出る。

猪牙舟が三味線堀に入ったところで、以蔵は櫓を水棹に持ち替えて、静かに舟を進めた。

あいかわらず霧が深い。

その深い霧の中を、二人が乗った猪牙舟は音もなくすべってゆく。

「ここです」

低くいって、以蔵が舟を止めた。松前藩江戸藩邸の南はずれの石垣の前である。

勘兵衛はふところから鉤縄の束を取り出すと、なまこ塀から張り出した松の木の枝を目がけて、鉤縄を投げた。カチッと音がして鉤先が枝にかかった。

「おまえはここで待っていてくれ」

いいおいて、勘兵衛は鉤縄をよじ登っていった。大柄な体に似合わず敏捷な動きである。あっという間に勘兵衛の姿が塀の向こうに消えた。

松前藩の江戸藩邸の南側は、大久保佐渡守の上屋敷と塀を接している。その塀に沿って西へ向かうと、南西の角に土蔵が二棟立っていた。

一棟は米蔵で、もう一棟は武具蔵である。米蔵は無人だったが、武具蔵の戸前には張り番の侍が二人、手槍を持って立ちはだかっていた。土蔵の高窓からほのかな明かりが洩れている。

勘兵衛は足音を消して一人の背後に迫り、刈谷軍左衛門配下の鳥見役の中でも一、二を争う腕力で、その侍の首根に手刀を叩きつけた。

「うっ」

と、小さくうめいて、その侍が折り崩れると、物音を聞きつけて別の一人が、

「どうした」

けげんそうに歩み寄ってきた。その瞬間、勘兵衛は地を蹴って侍の前に躍り出るや、拳(こぶし)を突き出して鳩尾(みぞおち)に当て身を食らわせた。声もなく崩れ落ちたその侍の腰から土蔵の鍵(かぎ)をうばい取り、塗籠戸(ぬりこめど)の南京錠(ナンキンじょう)をはずして戸を引き開ける。

土蔵のすみに網雪洞(あみぼんぼり)が灯(とも)っている。

その仄暗(ほのぐら)い明かりの下で、男と女がおびえるように身を寄せていた。能瀬伊織と腰元の菊乃である。菊乃は蔵の中にあった男物の古着をまとっている。

「さ、逃げるんだ」

勘兵衛が声をかけると、伊織が警戒するような眼で、

「貴殿は……？」

と誰何した。

「おぬしたちの味方だ。くわしい事情はあとで話す。さ、早く！」

うながされるまま、伊織と菊乃は立ち上がって土蔵を出た。


同じころ。

竹町の渡し場に倉橋与四郎の姿があった。

渡し舟の運行はすでに終わっている。かすかに風が立ちはじめた。川原に立ち込めていた霧がゆったりと流れてゆく。

本所入江町の時の鐘が五ツ（午後八時）を告げはじめたときである。

霧の切れ間の闇の奥に、忽然と三つの黒影がわき立った。

その影を見て、与四郎は瞬時に異変を察知した。伊織なら一人でくるはずである。何か不測の事態でも起きたのか。そう思いながら右手を刀の柄にかけて闇を凝視した。

霧が流れて、淡い月明かりがさしてきた。

三つの影が大股に近づいてくる。横目頭の兵藤甚内と配下の横目二人だった。与四郎は首をめぐらせて背後をふり返った。そこにも三人の横目が立っていた。

「いくら待っても伊織はこないぞ」

兵藤がせせら笑った。

「おのれ」

与四郎が抜刀した。同時に、
しゃっ。

と、五人の横目が刀を抜き放って与四郎を包囲した。

横目のおもな任務は君側護衛である。藩内でも屈指の遣い手がこの任に選ばれた。むろん与四郎にも剣の心得はあるが、彼我（ひが）の差は歴然としている。しょせん勝てる相手ではない。

五人の横目がじわじわと包囲を縮めてくる。受け身に立っていたのでは、膾斬り（なますぎり）にされるのが関の山である。与四郎は覚悟を決めて、捨て身で斬りかかっていった。

キーン！

するどい金属音がひびいた。

あっと息を飲んで与四郎は立ちすくんだ。刀が真っ二つに折れている。

兵藤が残忍な笑みを浮かべながら、

「殺せ」

と下知した。

五人の横目が刀を振りかぶったそのとき、草むらをかき分けて、矢のように疾駆してくる影があった。塗笠（ぬりがさ）をかぶった兵庫である。

「なにやつ！」

兵藤が叫ぶと同時に、五人の横目がいっせいに切っ先を兵庫に向けた。兵庫は走りながら刀を抜いた。柄を逆手に持ち、剣尖(けんせん)は下に向けている。二人が突進してきた。兵庫は足を止めて片膝(かたひざ)をつき、下から刀を薙(な)ぎ上げた。不意に兵庫の体が沈んだので、突進してきた二人はたたらを踏んで体を泳がせた。そこを下から薙ぎ上げたのである。完全に不意を衝かれた。

一人が胸を斬られてのけぞった。音を立てて鮮血がしぶく。

立ち上がりざま、兵庫はぐいと腕を伸ばして刀を突き出した。もう一人がそれをはらおうとしたが間に合わず、胸を貫かれて沈んだ。

すぐさま刀を引き抜き、横に跳んで三人目の斬撃(ざんげき)をかわすと、左方から斬り込んできた三人目の刀を峰ではね上げ、袈裟(けさ)がけに斬り下ろした。

「わッ」

と悲鳴を上げてつんのめった。と同時にその男の首が飛んで、高々と舞い上がり、血を噴きながら草むらに転がった。

残るのは兵藤と二人の横目である。その二人が左右から、ほとんど同時に斬りかかってきた。が、兵庫の動きはそれよりわずかに速かった。

うなりを上げて振り下ろされた二本の刀刃の間を走り抜けて、右方の男の背後に回り込むなり、紫電(しでん)の迅(はや)さで刀を横に薙いだ。胴を斬られたその男は、上体を異様によじらせながら草むらに倒れ伏した。

四人を倒して、兵庫の動きはまだ止まらない。

残る一人が体勢を立て直して刀を構えたときには、もう兵庫はその男の左前に跳んでいて、拝み討ちに斬り倒していた。五人の横目が死体となって草むらに転がるまで、わずか数瞬の出来事だった。

兵藤はほとんど茫然と立ちつくしている。兵庫が血刀を引っ下げて前に立ち、

「やるか」

と挑発すると、兵藤は強張(こわば)った笑みを浮かべて、

「やめておこう。貴様にはおよばぬ」

あっさり兜を脱いだ。

「やってみなければわからん。抜いてみたらどうだ」

「抜かずとも勝負はついている。わしもまだこの世に未練があるからな」

兵藤の眼が動いた。五、六間離れたところに、与四郎が放心したように突っ立っている。

「あの男の身柄はくれてやる。どこへとでも連れて行くがいい」

「そうか。では、これでやめておこう」

刀の血ぶりをして鞘に納め、くるっと背を向けたそのとき、
兵藤の抜きつけの一閃が兵庫の背中に飛んだ。……が、そこに兵庫の姿はなかった。

刀が振り下ろされた瞬間、横に跳んでかわし、同時に兵藤の脇腹を斬り裂いていたのである。

音を立てて血が噴出し、腹の裂け目から血まみれの白い臓腑が飛び出した。

一瞬、兵藤は信じられぬような顔で腹からはみ出した臓腑に眼をやり、ゆっくり前のめりに崩れ落ちていった。それを見届けて与四郎が駆け寄り、

「貴殿は……?」

不審な眼で塗笠の兵庫を見た。

「乾兵庫と申す。ゆえあって身分は明かせぬが……、おぬしの敵でないことは確かだ」

といって、納刀し、

「おぬしの朋友が待っている。さ、行こう」

先に立って歩き出した。与四郎がけげんそうな顔でそのあとにつく。

3

「以蔵……」

油障子の向こうで、低く呼ぶ声がした。

部屋から飛び出してきた以蔵が、三和土(たたき)に下りて心張棒(しんばりぼう)をはずし、障子戸を引き開けた。

表に兵庫と与四郎が立っている。

「お待ちしておりやした。どうぞ」

と以蔵が中にうながす。下谷新黒門町の以蔵の長屋である。

兵庫と与四郎は、すばやくあたりに視線を配って中に入った。奥の六畳間に森田勘兵衛と伊織、菊乃がいる。入ってきた与四郎を見て、伊織が声をかけた。

「倉橋さん」

「伊織、無事だったか」

「こちらの方々に助けていただいたのです」

「そうか。ここへくる途中、乾どのから話を聞いた。ひどい目にあったそうだな」

「ええ」

伊織の顔には拷問の痕(あと)が生々しく残っている。かたわらで菊乃が悲しげに眼を伏せた。

「だが……」

と、与四郎が気を取り直して、

「もう安心だ。兵藤甚内は死んだぞ」

「死んだ？」

「乾どのがおぬしたちの仇を討ってくれたのだ」

「そうですか」

伊織が安堵（あんど）の表情で兵庫を見やり、

「重ね重ねありがとう存じます」

と丁重に礼をいった。

「それより、おぬしたちに訊きたいことがあるのだが」

「何でしょう？」

「深川の廻船（かいせん）問屋『湊屋』と松前藩は、どういう関わりがあるのだ」

「松前藩というより、江戸留守居役の日根野との個人的な関わりだと思います」

応えたのは、伊織である。それを受けて与四郎が、

「じつは、その件で、以前から『湊屋』周辺の内偵を進めていたのですが……、日根野の疑いを裏付ける確証は……」

「疑い、と申すと？」

見つからなかった、といって無念そうに首を振った。

「抜け荷です」

与四郎がずばりと応えた。

抜け荷とは、密貿易のことである。松前藩が支配する蝦夷地は天然資源の宝庫で、とりわけ鰊・昆布・なまこ・あわびなどの海産物は高値で取り引きされた。江戸留守居役の日根野が、それらの海産物を『湊屋』の船でひそかに蝦夷から運び出し、内地で密売していたと考えれば、話のつじつまが合う。

「倉橋どの」

兵庫が向き直った。

「その一件、我らに任せてはもらえまいか」

「え」

と、けげんそうに見返す与四郎に、

「おぬしたちは日根野の一派に命をねらわれている。しばらくこの長屋に身を隠していたほうがいい。その間に我らが日根野の尻尾をつかんでくる」

「しかし、これ以上、みなさまにご迷惑をおかけするわけには……」

伊織が申しわけなさそうにいう。

「なに、気づかいは無用。ここは以蔵のひとり住まいだ。何の遠慮もいらんさ」

勘兵衛が寛闊な口調でそういうと、以蔵も笑顔を見せて、

「むさ苦しいところですが、どうぞ心おきなく」

「ご厚志、かたじけのうござる」

与四郎が居住まいを正し、あらためて三人に低頭した。

「さて」

と、勘兵衛がゆったりと腰を上げて、うながすような眼で兵庫を見た。

「そろそろわしらは退散しよう」

うなずいて兵庫も立ち上がり、

「以蔵、あとは頼んだぜ」

いいおいて、長屋を出ていった。


翌日の午ごろ。

深川・永代寺門前町の料理茶屋『八百松』の二階の座敷で、豪勢な昼餉の膳部を前にして、何やら深刻そうな顔で話し合っている三人の男がいた。

『武蔵屋』のあるじ久兵衛と、その息子で『湊屋』の若旦那・清太郎、そして松前藩江戸留守居役の日根野三右衛門である。

「恐ろしいことでございますな。下手人はいったい何者なのでしょうか」

久兵衛の顔が恐怖で引きつっている。日根野から昨夜の一件を聞かされての反問だった。

「兵藤は竹町の渡し場で倉橋与四郎を待ち伏せしていたそうだ。そこで全員が斬り殺されたとなると……」

一旦、言葉を切って、日根野は険しい眼を宙にすえた。

「下手人は倉橋ひとりではあるまい」

「では、ほかにも国元から？」

「腕の立つ者を連れてきたか、さもなくば江戸で刺客を雇い入れたか……。いずれにしても兵藤以下五人の横目が斬り殺されたのだ。相手は一人や二人ではあるまい。それに藩邸の土蔵に押し込めておいた村上派の近習と腰元も、何者かに連れ出された」

「それは、また大胆な……」

久兵衛が声がふるわせた。

「臆したか、武蔵屋」

日根野が苦笑をにじませた。見ようによっては虚勢の笑みともとれた。

「ここで弱気になったら国家老・村上主膳の思う壺だ。兵藤を失ったのは痛手だが、藩邸には腕の立つ者がいくらでもおる。村上が何人刺客を送り込んでこようが、わしは一歩も退かぬ覚悟だ」

「はあ」

「そのつもりで、そちたちも商いをつづけてくれ」

「承知いたしました」

日根野が気を取り直すように清太郎に眼をむけた。

「いよいよ、明朝だな。船がくるのは……」

「はい。予定どおり寅の中刻（午前四時）に」

「くれぐれも用心を怠るなよ」

「心得てございます」

それから半刻（一時間）ほどして会食はおわり、日根野は一階の座敷に待たせていた四人の藩士に護られて藩邸にもどった。

一行を見送ったあと、久兵衛が不安そうな顔で清太郎に、

「万一に備えて、岩田さんたちを同乗させたらどうだ？」

「わたしもそれを考えていたんです」

「そうか。善は急げだ。さっそく岩田さんに頼んでみる。おまえもくるか」

「いいえ、わたしは明日の朝の準備があるので」

「話が決まったら、今夜中に岩田さんたちをそっちに行かせる。あとは頼んだよ」

「わかりました」

『八百松』を出たところで久兵衛と別れ、清太郎は相川町の船溜まりに向かった。

船着場は活気にあふれている。

　上空にカモメが群舞している。荷揚げされた干鰯をねらっているのだろう。船着場の河岸には俵や樽、菰包みなどの船荷があちこちに山積みにされ、船人足や水夫などが汗まみれで立ち働いている。

　人混みをぬって、清太郎は桟橋に足を向けた。

　数人の男たちが艀に荷を積み込んでいる。その一人に声をかけた。

「留蔵さん」

「へい」

と、振り向いたのは、真っ黒に日焼けした大男だった。『湊屋』の持ち船・竜神丸の船長である。ねじり鉢巻きをほどいて、額の汗をぬぐいながら桟橋に上がってきた。

「何か？」

「支度はできたのかい」

「へい。あの荷物を積み込んじまえば、あとは船を出すだけで」

「ご浪人さんを四、五人、乗せたいんだが」

「浪人？」

「岩田先生たちだ。万一のためにな」

「あっしはかまいませんよ」

「じゃ今夜、先生たちをお連れする。それから、これを……」

清太郎がふところから紙包みを取り出して、

「大事なものだから無くさないでおくれよ」

と小声で、留蔵に手渡した。例の〝割符〟である。

「確かに、お預かりいたしやした」

紙包みを受け取って、留蔵は腹巻の中に押し込んだ。そんな二人の様子を、七、八間離れた船荷の陰で見ている菅笠の侍がいた。狭山新之助である。

清太郎と留蔵は、まだ何かひそひそと話し合っている。それを横目に見ながら、新之助は何食わぬ顔でその場を立ち去った。


その夜、六ツ半（午後七時）ごろ。兵庫が風呂から上がってくると、いつの間にか森田勘兵衛が居間にいて、のんびり煙管をくゆらせていた。

「何かあったんですか」

と訊くと、勘兵衛は煙管の火をポンと灰吹きに落として、

「新之助が耳よりな情報をつかんできた。湊屋の船が明日の朝一番で出航するそうだ」

「行き先は？」

「わからん。米や水、野菜などをたっぷり積み込んだところを見ると、近場ではなさそうだな」

「かもしれんし、あるいは上方、長崎……。抜け荷といえば、ま、そんなところだろう」

「蝦夷、ですか」

「勘兵衛どの」

兵庫が腰を下ろした。

「一か八か、やってみましょうか」

「何のことだ？」

「その船に乗り込むんです」

勘兵衛は応えずに、くっくくと笑って、ふたたび煙管に煙草をつめ込み、行燈の火を移して深々と吸い込むと、ふーっと白い煙を吐き出した。

「そうくるだろうと思った。新之助も同じことを考えておる」

「新之助も？」

「柳橋の船着場で待っている。わしも一緒に行きたいところだが、三人も乗り込んだら目立つからな。おぬしたちに任せよう」

「わかりました」

と、兵庫が立ち上がるのを見て、勘兵衛も吸いかけの煙草の火を灰吹きに落とし、煙管を煙草入れに差し込んで腰を上げた。

その四半刻後、兵庫は柳橋の土手道を歩いていた。

神田川と大川の合流地点に木橋が架かっている。橋名は柳橋。それがこの界隈の地名の俗称になった。橋の手前に船着場がある。そこに一艘の伝馬船がもやっていた。土手を下りて行くと、伝馬船に人影が立って手を振っていた。狭山新之助である。顔を見交わし、無言で舟に乗り込む。新之助は櫓を操って伝馬船を大川に押し出した。

両国橋の下をくぐり、さらに下流の新大橋をくぐり抜けると、やがて前方に永代橋の影が見えた。永代橋は大型船が往来できるように高く架けられている。

「此（こ）の橋、勝（すぐ）れて高く、西に富士、北に筑波、南に箱根、東に安房上総（あわかずさ）、かぎりなく見わたり眺望よし。江府（こうふ）第一の大橋」

と、『武江図説（ぶこうずせつ）』にあるように、江戸で一番高い橋である。長さは百十四間（約二百七メートル）、橋杭（はしぐい）（橋脚）の数は三十本。伝馬船は、その一番東寄りの橋杭の間を抜けて行った。

ほどなく前方に相川町の船溜まりが見えた。もやい綱で係留された大小幾艘もの船が、黒々と影をつらねている。その間をぬうようにして伝馬船がすべってゆく。

「あれです」

櫓を漕ぐ手を止めて、新之助が指さした。

五百石の弁才船（べざいせん）――『湊屋』の持ち船「竜神丸」である。

その船の右舷の船腹にぴたりと舟を寄せると、新之助は胴の間から鉤縄の束を取り出して兵庫に手渡した。兵庫がそれを投げる。カチッと鉤先が船縁（ふなべり）にかかった。

「おれが先に行く」

低くいいおいて、兵庫が縄をよじ登ってゆく。

船上に人影はなかった。それを確認すると、兵庫は縄を引いて新之助に合図を送った。新之助が縄をよじ登ってくる。

4

思いのほか、船上は広い。

中央に屋形が立っている。屋形は船長が操船の指揮をとる部屋である。

屋形の油障子窓にかすかな明かりがにじんでいる。

兵庫は壁に体を張りつけ、そっと障子窓を開けて中をのぞき込んだ。床に船行燈（ふなあんどん）がおいてあるが、人の気配はない。

「中を調べてくる。おまえはここで見張っていてくれ」

新之助にいいおいて、兵庫は屋形の中に入っていった。

何の変哲もない板敷きの部屋である。腰掛け用の樽や輪にたばねた艫綱、大小の滑車などが乱雑においてある。奥に胴の間に下りる階段があった。

兵庫は足音をしのばせて階段を下りていった。

胴の間は二つの部屋に分かれていた。

一つは六畳の畳部屋、もう一つは板敷きの大部屋である。

この時代、千石船の乗組員は十五、六人、五百石船は十人前後である。船長を筆頭に賄方（事務長）、親父（航海長）などの上級幹部を三役といい、その下に舵取りや水夫（一般船員）がいた。

六畳の畳部屋は、おそらく三役が寝起きする部屋であろう。小ぎれいに片づいている。部屋のすみに長持ちがあった。それを開けて見た。衣類や小物などが詰められている。

衣類の間に折り畳んだ書状があった。取り出して開いて見る。

（これだ……！）

兵庫の眼が光った。抜け荷の目録（荷受け状）である。と、そのとき、

「乾さん！」

上から新之助の声が降ってきた。とっさに書状をふところにねじ込み、階段を駆け登った。屋形の戸口に新之助が立っていた。

ある。

「小舟がきます！」

指さした方向にポッンと明かりが見えた。艀(はしけ)の船提灯(ふなちょうちん)の明かりで

「ずらかろう」

二人は身をひるがえして右舷に走った。鉤縄はかかったままになっている。それを伝って二人が下りはじめたちょうどそのとき、左舷に艀が着いて、船長の留蔵と岩田源十郎、配下の浪人四人が縄梯子(なわばしご)を登って船上に上がってきた。

間一髪だった。

浪人の一人が右舷の船縁に引っかかっている鉤縄を発見したときには、兵庫と新之助が乗った伝馬船は、竜神丸の船腹を離れて闇の彼方に消えていた。

小半刻後。

兵庫と新之助は、下谷新黒門町の以蔵の長屋にいた。

「間違いありません。これは抜け荷の目録です」

倉橋与四郎が書状を見ながら、

「しかし」

と驚愕の面持ちで言葉をつまらせた。

「何か不審なことでも？」

「ここに記されている品目は蝦夷の産物ではありません。露西亜(ロシア)からの抜け荷品です」

「ロシア！」

ほとんど同時に兵庫と新之助が声を発した。そして、あらためて書状に眼をやった。

猩々緋（しょうじょうひ）　五十反。

羅紗（らしゃ）　三十反。

緞子（どんす）　五十反。

更紗（さらさ）　四十反。

などの織物のほかに、砂糖、瀬戸物などの品目も記されている。

「そういえば、二年前に……」

与四郎が思い出したように語をつぐ。

二年前の安永六年（一七七七）、択捉島（エトロフ）に猟虎（ラッコ）を獲（と）りにきたロシア人と島人との間で紛争が起こり、島人がロシア人の一人を撲殺するという事件が起きた。

その事件を調査するために、松前藩が択捉に役人を差し向けたところ、ロシア人は不法に島に侵入した非を認め、今後は松前藩の許可を得て、正式に交易をむすびたいと申し入れてきた。そのときロシア側が求めてきたのは米、酒、煙草だったという。

「しかし、松前藩としては鎖国の祖法を破るわけにはまいらぬので、ロシア側の要求を拒否したところ、翌七年に猩々緋（毛皮）や羅紗、緞子などの織物を積んで、今度は国後（クナシリ）にやってきたのです」

そのときも松前藩はかたくなに交易を拒み、日本における外国交易は長崎一カ所にかぎられているので、

「同所へ行けばよろしい」

といって追い返したのだが、その折衝に当たったのが、じつは次席家老・篠山蔵人の配下の役人だった。表向きは断ったものの、そのとき篠山はロシア側と裏取り引きしたのではなかろうか。

与四郎はそう推断した。

二年前というと『武蔵屋』が廻船問屋『湊屋』を乗っ取った年である。時期的にも話が符合する。

「とすると、湊屋の役割は……？」

「江戸ちかくの海上でロシア船から抜け荷品を買い取り、それを長崎に運んで売りさばくつもりではないでしょうか」

長崎には、中国やオランダなどの舶来品を売買する自由市場があり、入札制で品物がさばかれていた。買い手のほとんどは大坂平野の唐物問屋で、そこから畿内や江戸の仲買人に舶来品が流される仕組みになっている。その中には抜け荷の品もかなりあったという。

「なるほど、これだけの品物を売りさばけば千両ちかい金になるだろうな」

つぶやきながら、兵庫は深々と嘆息をついた。

「この荷受け状の宛先人は、次席家老・篠山蔵人の名義になっている。乾どの、これです。これが動かぬ証拠です」

「役に立てて何よりだ」

兵庫が白い歯を見せて笑った。伊織が膝を乗り出して、

「倉橋さん、さっそくこの書状を持って筆頭家老の村上さまのもとへ」

と、昂る口調でいうと、

「うむ」

与四郎も強くうなずいて、

「明日の朝、出立しよう」

「松前に帰られるのか」

「ええ、伊織と菊乃を連れて帰参します。あなた方には本当にお世話になりました。この御恩は生涯忘れません」

両手をついて、与四郎が頭を下げた。伊織と菊乃も深々と低頭する。

蝦夷松前までは、遠い旅路である。

だが、その旅路の果てには、それぞれの新しい人生が待っている。

次席家老・篠山蔵人の一派が粛清され、長年つづいた藩内の権力抗争がおさまれば、

倉橋与四郎も能瀬伊織も、そして腰元の菊乃もそれなりの処遇を受けることになるだろう。

与四郎の顔に香取辰之介の顔が重なった。同じ『武蔵屋』の犠牲者でありながら、一方は助かり、一方は命を落とした。辰之介の無念の死を思うと、これで一件落着というわけにはいかない。

――次の標的は『武蔵屋』だ。


東の空がしらしらと明け染めてきた。

奥州街道・千住掃部宿の宿場通りを、何人かの早立ちの旅人にまじって、女を一人連れた旅装の武士がふたり、足早に通りすぎてゆく。

倉橋与四郎と能瀬伊織、菊乃の三人だった。

掃部宿をぬけて、水戸街道の分岐点をすぎると景色は一変して、視界一面に緑豊かな田園風景が広がった。次の草加宿までは二里八丁の行程である。

下谷の以蔵の長屋を出てから、三人は一度も休まずに歩きつづけていた。さすがに喉が渇き、腹も空いてきた。菊乃の足取りも重い。

「あそこで一服つけるか」

先を行く与四郎が足を止めて、前方を指さした。雑木林の奥に水車小屋が見える。

「そうしましょう」

　三人は野道に足を踏み入れた。

　雑木林の中に小川が流れている。その小川のほとりに、いまにもひしげそうな古い小さな水車小屋が立っていた。青みどろに苔むした水車があえぐように回っている。

　小屋の前の草むらに腰を下ろし、与四郎が振り分け荷物の中から竹皮につつんだ握り飯を取り出した。以蔵が早起きして作ってくれた握り飯である。

　伊織が竹筒に小川の水を汲んできた。それを飲みながら握り飯を食べはじめたとき、

「おい」

　ふいに与四郎が刀を引き寄せ、険しい眼で雑木林を見た。

　樹間にちらちらと人影がよぎった。一人や二人ではない。四人いる。異常な気配を感じて伊織も刀を取った。四つの人影がこっちに向かってやってくる。

　いずれも垢じみて凶悍な面がまえをした浪人者である。

　与四郎が刀を持って立ち上がった。伊織も菊乃をかばって立ちはだかる。

「倉橋与四郎だな」

　一人が野太い声を発した。岩田源十郎である。

「おぬしたちは……？」

「見たとおりの浪人者よ」

「おれに何の用だ」

「命をもらいにきた」

「なに」

「さるお人から頼まれてな。気の毒だが死んでもらおう」

かしゃ、と鍔が鳴って四人がいっせいに抜刀した。

昨夜、「竜神丸」に乗り込んだ源十郎たちは、胴の間の六畳部屋の長持ちから抜け荷の荷受け状が消えていることに気づいた。何者かが船に忍び込んで荷受け状を盗み出したことは、右舷の船縁に引っかかっていた鉤縄を見ても明らかだった。

源十郎から知らせを受けた清太郎は、倉橋与四郎一味の仕業と直感した。それ以外に考えられなかった。盗み出した荷受け状を持って、与四郎は急ぎ帰国するに違いない。

そう読んで、昨夜から岩田源十郎と三人の浪人を千住掃部宿に張り込ませたのである。

「死ね！」

源十郎が凄まじい勢いで、横殴りの一刀を与四郎に浴びせた。与四郎は一歩跳び下がって、かろうじて切っ先をかわした。

二合、三合、火花を散らして刀刃が噛みあう。

伊織も必死で闘っている。白刃が入り乱れる中、菊乃がおろおろと逃げまどっている。

四人の浪人の凶暴な刃が、息つく暇もなく襲いかかってくる。波状攻撃だ。懸命に斬りむすびながら、与四郎と伊織はじりじりと後ずさった。

「とうッ」

裂帛の気合を発して、一人が猛然と与四郎に斬りかかってきた。一瞬、何が起きたのかわからなかった。剣の心得があるとはいえ、与四郎はこれまで実戦で刀を使ったことは一度もない。道場で身につけた剣である。人を斬った剣にはとうてい勝てないことはわかっている。

だが……、
このときは、なぜか体が反応した。浪人が斬りかかってきた瞬間、無意識裡に横に跳んで刀を薙ぎ上げていた。それが浪人の喉を切り裂いたのである。

「わッ」

と叫んで、浪人は草むらに転がった。

それを見てほかの三人が逆上した。

「おのれ！」

一人が伊織に突進した。とっさに切っ先をはね返したものの、勢いに押されて体がよろめき、突んのめるように小川に転落した。

ばしゃ、と水しぶきが上がる。浪人も小川に踏み込んできた。伊織が立ち上がろうとするところへ、刃うなりを上げて刀が振り下ろされた。鈍い音を立てて頭蓋(ずがい)が砕けた。

「伊織さまッ！」

菊乃が悲鳴を上げる。小川の浅瀬に伊織が仰向けに倒れていた。川の水が真っ赤に染まっている。割れた頭蓋から白い脳漿(のうしょう)がにじみ出し、それがゆっくり川下に流れてゆく。

「伊織！」

駆け寄ろうとした与四郎の背中に、源十郎が袈裟(けさ)がけの一刀を浴びせた。

ぐらり。

与四郎の体がゆらいだ。数歩よろめき、音を立てて前のめりに倒れた。突っ伏したままぴくりとも動かない。背中からおびただしい血が噴き出している。ほとんど即死だった。

源十郎は刀を納め、倒れている与四郎のふところから荷受け状を抜き取った。

小川のほとりに、菊乃が放心状態で座り込んでいる。浪人の一人が血刀を引っ下げて歩み寄ろうすると、

「待て」

と、源十郎が制した。

「女は生かしておけ」

けげんそうに見返す浪人を無視して、源十郎は菊乃のもとに歩み寄り、腕をとってぐいと引き上げた。うつろな表情で菊乃が立ち上がる。あらがう気力も失せているようだ。

「おまえたちはここで待っててくれ」

二人の浪人にいいおいて、源十郎は引きずるように菊乃を水車小屋に連れ込んだ。がたんと板戸が閉まる。小さな悲鳴が聞こえた。中で何が起きているのか、むろん二人の浪人にはわかっている。顔を見交わして苦笑した。

水車小屋の中から、源十郎の荒い息づかいと菊乃のすすり泣くような声が洩れてくる。

「ちっ」

一人が忌ま忌ましげに舌打ちした。

「行きがけの駄賃ってわけか」

「いい気なものよのう」

苦い笑みを浮かべて、浪人は草むらに腰を下ろした。

水車小屋の中からぎしぎしと床がきしむ音が聞こえてくる。しばらくしてその音がやみ、板戸が開いて、源十郎が袴の紐をむすびながら、ふくみ笑いを浮かべて出てきた。

「行きますか」

浪人の一人が声をかけると、

「あわてるな。まだやらねばならぬことがある」

源十郎が顎をしゃくって、二人を藪陰にうながした。

5

長屋の四畳半の部屋で、以蔵は昼飯を食べていた。

炊きたての飯と昨夜の野菜の煮物の残り、それに沢庵と味噌汁。わびしいばかりの昼食である。飯をかっこみながら、ちらりと奥の六畳の部屋に眼をやった。蒲団がしきっ放しになっている。

昨夜は、四畳半の部屋に菊乃が寝、奥の六畳に男三人が川の字になって寝た。

いまごろ三人は草加宿のあたりを歩いているだろう。いや、その先の越ケ谷宿かもしれない。いずれにしても江戸を離れれば一安心である。

安堵（あんど）の思いとともに、一抹の寂寥感（せきりょうかん）が以蔵の胸に込み上げてきた。長い間、やもめ暮らしをつづけてきた以蔵にとって、三人と過ごした一夜はひさしぶりに楽しかった。

「蝦夷はよいところです、ぜひ一度遊びにきて下さい」

と与四郎はいった。決して社交辞令ではなかった。心からそういってくれたのである。

以蔵は生まれてこの方一度も江戸を出たことがない。蝦夷の物見遊山も悪くないな、と思いながら膳を片づけはじめたそのとき、障子戸にすっと黒い影がさした。

「誰だい？」

声をかけたが、返事はなかった。不審げに立ち上がって三和土（たたき）に下り、心張棒をはずして障子戸を引き開けた瞬間、

（あっ）

と息を飲んだ。戸口に菊乃が惘然（ぼうぜん）と立っている。髪が乱れ、顔からは血の気が失せ、いまにも泣き出しそうな顔をしている。

「菊乃さん！」

「…………」

何かいおうとしているのだが、声にならなかった。唇がわなわなとふるえている。

「とにかく、中へ」

と、菊乃の手を取って中に入れると、以蔵はすばやく障子戸に心張棒をかまし、

「いったいどういうことなんだい？」

と訊いた。ふいに菊乃が上がり框(がまち)に突っ伏して嗚咽(おえつ)しはじめた。

「泣いてちゃわからねえ。さ、事情(わけ)を話してくれ」

「殺されました」

「なんだって！」

「倉橋さまと伊織さまが……、殺されました……」

嗚咽しながら、蚊の鳴くような声で菊乃が応えた。

「だ、誰に？」

「四人の浪人です」

それを聞いたとたん、以蔵ははじけるように部屋に駆け上がり、窓の障子を細めに開けて表の様子を見た。長屋木戸の奥にちらりと人影がよぎったような気がした。

「あんた、尾けられたぜ！」

「え」

と菊乃が顔を上げた。

「逃げるんだ！」

菊乃の手を取って奥の六畳間に走った。入口の油障子戸ががたがたと音を立てている。誰かが戸を開けようとしているのだ。

以蔵は裏窓を引き開けて身を躍らせると、両手を差し伸べて菊乃を外に連れ出した。障子戸が激しく揺れている。その振動で心張棒がはずれ、どっと人影がなだれ込んできた。

岩田源十郎と二人の浪人である。

「逃げたぞ」

「裏窓だ」

三人は土足で部屋に駆け上がり、奥の六畳間を突っ切って、裏窓から外に飛び出した。

長屋の裏手は、人ひとりがやっと通れるほどのせまい路地である。先に飛び出した源十郎がすばやく路地の左右を見渡した。以蔵と菊乃の姿は消えている。源十郎が路地の右へ、二人の浪人は左に走った。

網の目のように入り組んだ路地を、以蔵は菊乃の手を引いて必死に走った。

背後に足音が迫る。以蔵と菊乃はやや広い路地を右に曲がった。菊乃の足がもつれている。千住から歩きつづけてきたのだから無理もない。疲れが出たのだろう。

走りながら、以蔵は身を隠す場所を探していた。このままでは早晩追いつかれると思ったからである。

路地の左側に黒板塀がつづいている。塀の角に切戸口があった。足を止めて押してみる。さいわい、かんぬきがはずれていた。戸を押して中に飛び込み、すばやくかんぬきをかける。

どこかの商家の隠居屋敷らしい。小ぢんまりとした庭である。二人は切戸口のそばの植え込みの陰に身をひそめた。足音が接近してくる。以蔵は黒板塀の節穴から路地の様子をうかがった。二人の浪人が走ってくる。反対側から源十郎が駆けつけてきた。

三人は足を止めて路地の周囲を見回している。

「見失ったか」

源十郎が苦々しげにいった。

「まだ遠くへは行ってないはずだ」

「あっちを探してみよう」

三人が走り去った。以蔵はほっと胸を撫でおろした。


上野不忍池の池面を紅白の蓮の花がびっしり埋めつくしている。

花はちょうど今が見ごろである。

鴨の群れが、蓮の花の間をぬうように泳ぎながらのんびり餌をついばんでいる。

以蔵と菊乃は、蓮見物の人々でにぎわう池之端を歩いていた。子供連れの夫婦もいれば、供を連れた内儀ふうの女や長屋のかみさん連中もいる。はたから見れば、以蔵と菊乃もごくふつうの父娘（おやこ）に見えるかもしれない。

二人は仲町の路地を曲がった。

小料理屋や居酒屋、めし屋などが立ちならぶ盛り場である。その路地を半丁も行くと、右手に『如月（きさらぎ）』の軒行燈が見えた。のれんはまだ出ていない。

以蔵が格子戸を引き開けて中をのぞき込んだ。

「あら、以蔵さん」

板場で料理の仕込みをしていたお峰が、前掛けで手をふきふき出てきた。

「どうしたんですか」

「女将（おかみ）さんにちょいと頼みがあるんだが」

といって、背後にたたずんでいる菊乃を振り返り、

「しばちくこの女（ひと）を預かってもらえねえかい」

「そりゃ、かまいませんけど……、こんなところで立ち話も何ですから、どうぞ中へお入りくださいな」

と二人を店の中に招じ入れ、奥から茶を運んできた。それをゆっくりすすりながら、以蔵がことのいきさつを手みじかに語った。かたわらで菊乃が悄然（しょうぜん）とうなだれている。

話を聞き終えたお峰は、身につまされるような思いで、

「そう。そんなわけがあったんですか」

深く嘆息をつきながら、菊乃に同情の眼を向けた。

「あっしは昔の仲間のところに転がり込むつもりだが、この女と一緒ってわけにはいかねえ。女将さんが預かってくれればあっしも助かるんだが」

「わかりました。お預かりしましょう。菊乃さん、ていいましたね？」

「はい」

菊乃が小さく応えた。

「以蔵さんは身内同然の人ですから、遠慮することは何もありません。心ゆくまでここにいてくださいな」

「ありがとうございます」

「ところで以蔵さん」

お峰が気を取り直すように、以蔵に顔を向けて、

「このところ兵庫さま、さっぱりお見えになりませんけど、お仕事忙しいんですか」

「ああ、厄介な仕事を抱え込んじまってね」

以蔵は、まるで自分が責められているように、気まずそうに頭をかいた。

「これから兵庫の旦那に会うつもりだ。店に顔を出すように伝えておくよ」

「べつに催促してるわけじゃないんですよ。ただ、どうしてるのかな、と思って」

お峰も強がりをいった。

第六章　密殺

1

乾兵庫は濡れ縁に立って、暮れはじめた庭の一角に眼をやっていた。猫の額ほどの小さな庭である。その庭の片すみに淡い紫色の紫陽花が咲いている。

兵庫が見ているのは、紫陽花の花ではなく、花の下の茎と茎のあいだに張られた蜘蛛の巣だった。一羽の白い蝶が羽根をばたつかせて必死にもがいている。襲っているのは大きな黒蜘蛛だ。やがて蝶の動きがぴたりと止まり、白い羽根が一枚はらりと地面に舞い落ちた。

こんな小さな庭の片すみにも、弱肉強食の世界がある。

蝶を餌食にした黒蜘蛛も、やがては鳥の餌食になるだろう。命の連鎖。人間の世界も同じだと兵庫は思う。強者が弱者を滅ぼし、その強者もさらなる強者に滅ぼされる。

それが天の理法なのだ。

ふと背中に気配を感じた。以蔵が入ってきて兵庫の背後にひっそりと座る。

「あの三人は無事に発ったか」

背を向けたまま、兵庫が訊く。

「いえ」

以蔵が沈痛な表情でかぶりを振った。兵庫がハッとなって、

「どういうことだ？」

「倉橋与四郎と能瀬伊織が殺されやした」

「なに」

兵庫の顔に驚愕が奔（はし）った。

「殺された！」

火を吹くような眼で訊き返した。

「さいわい、菊乃さんは無事でした。というより、菊乃さんを囮（おとり）に使うために、やつらがわざと生かしておいたんでしょう」

「やつら、というと」

「四人の浪人者だといってやした。一人は倉橋さんに殺されたそうで」

「…………」

感情を抑えるように、兵庫はふたたび庭のすみに眼をやった。蜘蛛の巣に蝶の姿はなかった。白い羽根だけがひっそりと紫陽花の葉の上に残っている。

「武蔵屋が雇った浪人だな」

兵庫がいった。質問ではなく、断定だった。

「すんでのところで、あっしも殺られるところでしたよ」

「長屋に踏み込まれたのか」

「へえ。菊乃さんは『如月』のお峰さんに預かってもらいやした」

「そうか……。これで決まりだな」

ぽつりといった。静かな口調だったが、それとは裏腹に、兵庫の胸中には烈々たる怒りが燃えたぎっていた。

「獲物は武蔵屋久兵衛と息子の清太郎、松前藩江戸留守居役の日根野三右衛門。この三人だ」

「へえ」

「御支配に報告してこよう」

と、部屋を出かけて、ふと兵庫は背を返した。

「おまえはどうするつもりだ？」

「ほとぼりが冷めるまで昔の仲間のところに身を寄せようかと」

「おまえさえよければ、ここにいてもいいんだぞ」

「お心づかいはありがてえんですが、あっしはやっぱり町場のほうが性にあってるんで」

「そうか」

兵庫はふところから小判を一枚取り出し、

「当座の費用だ。とっておけ」

と、以蔵に手渡して部屋を出ていった。


翌日の未の中刻（午後二時）、兵庫の復命を受けて、刈谷軍左衛門は西之丸下の若年寄・酒井石見守の役屋敷をたずねた。一連の事件の探索結果と、それに対する裁可をあおぐためである。

酒井石見守は、今年六十六歳。老中・田沼意次の腹心として、幕政の裏表を熟知した老練でしたたかな閣老である。

城から帰邸したばかりの石見守は、鳶茶の紬の着流しという気楽な身なりで、奥書院に軍左衛門を迎えた。軍左衛門が一連の事件の概要を説明したあと、

「松前藩次席家老・篠山蔵人と江戸留守居役・日根野三右衛門、ならびに材木商武蔵屋久兵衛と息子の湊屋清太郎。この四人が結託してロシアと抜け荷におよんでいたこ

とは、これまでの調べで明々白々。なにとぞ、この一件、評定所でお取り上げいただき、しかるべき御処断が下されるよう、よろしくお取り計らいのほどを」

「ふむ」

と、うなずいて、石見守はしばらく思案したのち、おもむろに顔を上げて、

「話は相わかった。だが、その一件、わしの腹の中におさめておく」

「お取り上げ下さらないと？」

不服そうな眼で、軍左衛門が見返した。むろん石見守にはそれなりの思惑があるのだろう。

「ことは次席家老と留守居役だけの問題ではない。この一件が評定所の俎上にのれば、松前藩がつぶされる。それだけは何としても避けなければならんのじゃ」

「しかし」

と、詰めよる軍左衛門を、石見守はなだめるように手を振って、

「ここだけの話だがな。松前藩が改易になれば、今後、ロシアとの関わりがむずかしくなり、御老中・田沼意次さまのお立場もあやうくなるのだ」

軍左衛門には、その意味がまったく理解できなかった。

「よくわかりませんな。どういうことでございますか」

「田沼さまが進取の気性に富んだお方であることは、そちも知っておろう」

むろん知っている。幕臣のあいだでは周知の事実だった。

この時代に、前野良沢・杉田玄白・桂川甫周・平賀源内などの蘭学者を多く輩出したのも、田沼が積極的に蘭学を推進したためである。

また、田沼は舶来品の収集家としても知られており、その収集品の中には、当時としてはめずらしいウエールガラス（晴雨計）、テルモメートル（寒暖計）、ホクトメール（水液軽重清濁験器）、ドンクルカームル（暗室写真鏡）、トーフルランタール（現妖鏡）、ゾンガラス（観日玉）、ルーブル（呼遠筒）などがあったという。

それより軍左衛門が意外に思ったのは、田沼が鎖国の祖法を破ってロシアと通商をむすび、蝦夷地の開発を図ろうとしていた事実である。そのために田沼は、かねて親交のあった仙台藩の江戸詰医者・工藤平助に蝦夷地の調査を依頼していた。

四年後の天明三年（一七八三）、工藤平助は我が国初のロシア研究書『赤蝦夷風説考』上下二巻を幕府に提出している。

工藤平助は、田沼と同じ紀州の出である。紀州藩の医者・長井常安の三男として生まれ、十三歳のときに仙台藩医・工藤丈庵の養子になった。長じて江戸蘭学社中の前野良沢・杉田玄白らと交わり、やがて知遇を得て田沼意次の政策ブレーンとなった。

田沼にロシア南下の実情を述べ、北方警備、交易開放、国力増強を建言したのも、この工藤平助である。なかなかのやり手だった。オランダからの輸入品を蘭癖大名や富裕町人に斡旋(あっせん)して巨利を得る一方、ひそかにロシアとも交易をむすび、それで得た巨額な利益の一部を田沼に献金していたという。

つまり、松前藩の次席家老・篠山蔵人(しのやまくらんど)や江戸留守居役・日根野三右衛門らと同じことを、工藤平助はやっていたのである。篠山らの不正を摘発すれば、工藤平助とロシアとの関係も明らかになり、ひいては田沼意次の立場もおびやかされることになる。

石見守が恐れているのはそれだった。

「天下の定法は、ときに諸刃(もろは)の剣になることもある。このさいは、抜かずに鞘(さや)に納めておくのが得策であろう」

「では」

と、軍左衛門が膝(ひざ)を進めて、

「こたびの一件は不問に付すと？」

「そうは申しておらぬ」

石見守はゆっくりかぶりを振った。口元に老獪(ろうかい)な笑みがにじんでいる。

「くすぶる火種は、燃え広がらぬうちに消すことじゃ」

それが石見守の結論であり、軍左衛門に下された〝影御用〟だった。

「四人、ですか」

「いや、三人だ。国元の篠山蔵人は捨ておけ。蝦夷は遠すぎる。わしのほうから藩主の松前伊豆守どのに篠山の処分を頼んでおこう」

「ご下命、しかと承りました」

　ささっと膝退すると、軍左衛門は両手を突いて頭を下げ、さらに膝退して、

「ごめん」

　と大股に書院を出ていった。


　その日の夕刻。

　兵庫の組屋敷の居間に軍左衛門の姿があった。

　前に兵庫と森田勘兵衛、狭山新之助が端座している。いずれも神妙な顔つきで軍左衛門の話に耳をかたむけている。

「獲物は武蔵屋久兵衛、湊屋清太郎、松前藩江戸留守居役・日根野三右衛門の三人。いずれを選ぶかは、おぬしたちが決めよ」

「わたしは武蔵屋を殺ります」

　真っ先に手を挙げたのは、兵庫だった。

　香取辰之介を卑劣な罠におとしいれた張本人は、武蔵屋久兵衛と普請奉行の滝沢山城守である。滝沢はすでに闇に屠った。辰之介の無念を晴らすためにも、久兵衛だけは自分の手で始末したかった。仕事というより、これは兵庫の意地であり、執念であ

る。

「よかろう。日根野は誰が殺る？」

「手前が」

と、勘兵衛が手を挙げた。軍左衛門がちらりと新之助に眼を向けて、

「新之助、初仕事だぞ。これは」

「はい」

「一人で殺れるか」

「やります」

決然と応えた。緊張のせいか、顔がいくぶん紅潮している。

「万一しくじっても、わしらはいっさい関知しない。屍は打ち捨てたままだ。骨も拾ってやれぬ。それだけは肝に銘じておけよ」

「はい」

「では首尾を祈る」

いいおいて、軍左衛門は出ていった。それを見送ると、兵庫が納戸から大きな風呂敷包みを持ってきて二人の前で開いた。

中身は三人分の鎖帷子、黒革の手甲脚絆、革の草鞋、覆面用の黒布、鉤縄の束などである。

それを一つずつ取って、三人は無言で身支度をはじめた。

2

本所入江町の時の鐘が五ツ（午後八時）を告げている。

深川門前仲町は、さながら光の海だった。町のすみずみに横溢する五彩の灯りは、明け方まで消えることがない。吉原遊廓に勝るとも劣らない背徳の不夜城である。

一の鳥居をくぐって半丁ほど行ったところに、『清華楼』という高級茶屋があった。間口十間、紅殻格子の窓、唐破風の屋根、二階建て。中庭があるらしく二階の屋根の上から枝ぶりのいい松の大樹が頭をのぞかせている。

その二階座敷で、湊屋の清太郎と岩田源十郎が酒を酌みかわしていた。

酒の肴は、蛤の塩焼き、赤貝の酢のもの、鯛の刺し身、沙魚のてんぷらなど、浪人ごときがめったに口にすることができない特上の料理ばかりである。

むさぼるように酒を飲み、料理を食っている源十郎にちらりと眼をやりながら、

「岩田先生にはお世話になりました。おかげで竜神丸も無事に長崎に向かったようですし、例の荷受け状も無事にもどってきたので、日根野さまも喜んでおりましたよ」

清太郎が世辞笑いを浮かべた。

「それは何よりだ」

「これからは手前どもも枕を高くして眠れます」

「湊屋」

ことりと膳の上に盃をおいて、源十郎が着物の袖で口をぬぐいながら、

「恩着せがましいようだが、ついでに『武蔵屋』に居候していた浪人どももお払い箱にしてやったぞ。いつまでもただ飯を食わせておくわけにはいかんだろうからな」

「そこまで気を遣っていただいたとは……」

「ふふふ、わしにも欲があるからな」

「欲、と申しますと？」

「浪人どもが消えたぶん、わしの手当てを増やしてもらいたいのだ」

「あ、そういうことでございますか……。もちろん、岩田先生にはそれなりのお手当てを払わせていただきます」

「百両」

「え」

唐突にいわれて、清太郎は面食らった。

「何のことでございましょう？」

「百両あれば仕官の口が買える。いつまでも用心棒暮らしというわけにはいかんから

な。おぬしたちとて百両でわしと縁が切れるなら安いものであろう」

「あ、あの……」

清太郎は狼狽した。腹の中を見透かされたような気がしたからである。

「わかりました。さっそく父と相談してみましょう」

と、源十郎の盃に酒をついだところへ、あでやかに着飾った茶屋女が入ってきた。化粧栄えする派手な顔だちの女である。

「遅くなりまして」

女が三つ指をついて辞儀をした。

「艶と申します」

「ほう、美形だな」

源十郎の眼にぎらりと好色な光がよぎった。清太郎が腰を上げて、

「手前は所用がありますので、どうぞごゆっくりお楽しみください」

一礼して、そそくさと出ていった。

「どうぞ」

と、お艶が上目づかいに酌をする。白い胸元がまぶしい。ただの酌婦ではないことは、すぐにわかった。寝る女である。体がそういう匂いを放っていた。

飲みかけの盃を膳において、源十郎がお艶の手を引き寄せると、案の定、お艶は鼻

を鳴らしてしなだれかかってきた。

酒はやめにして、お艶を抱くことにした。そのほうがお艶も悦ぶ。遊び代は前金でもらっているはずだ。お艶も早くすませて帰りたいに違いない。

お艶の手を取って、隣室の襖を引き開けた。夜具がしきのべてある。お艶を押し倒し、荒々しく口を吸う。お艶はあえぎながら自分で帯を解きはじめた。


同じころ。

清太郎は相川町の路地を歩いていた。さすがにこのあたりまでくると、明かりも人影もまばらになる。薄暗い路地を足早に歩きながら、清太郎は、

「やれ、やれ……」

と、吐息をついた。父の久兵衛から岩田源十郎をもてなすようにいいつけられて、不承不承引き受けたものの、どうもあの手の浪人者は苦手だった。野卑で意地が汚く、そのくせ武士の矜持を振りかざして商人を見下す。世の中でもっともたちの悪い連中だ。

「百両か」

と、つぶやいた。わずか半月あまりの用心棒代としては法外である。だが、源十郎のいうとおり、百両で手が切れるなら安いものである。父の久兵衛もいやとはいわな

いだろう。

河岸通りに出た。

船着場から猪牙舟に乗って、柳橋に向かうつもりである。

清太郎は深川で生まれ育ったくせに、深川の泥臭さが好きになれなかった。一人で遊ぶときは柳橋と決めている。柳橋には行きつけの船宿があり、馴染みの芸者がいる。そこで飲み直そうと思った。

昼間は荷揚げ人足や水夫たちで活気にわき立つ河岸通りも、この時刻になると人影が絶えてひっそりと静まり返る。

栈橋の手前で、清太郎はふと足をとめてけげんそうに闇に眼をこらした。いつもは猪牙舟が船提灯を灯して客待ちをしているのだが、今夜にかぎってその灯りが見えない。

（妙だな）

と、ふたたび歩を踏み出したとき、船荷の陰からぬっと黒影がわき立った。

思わず足を止めて、清太郎はその影を凝視した。

異装の武士である。木賊色の小袖に同色の袴をはき、黒革の手甲脚絆をつけている。

ただならぬ気配を感じて、清太郎は数歩後ずさった。武士がつかつかと歩み寄ってくる。

「て、手前に何か……？」

武士はものもいわず清太郎の横をすりぬけざま、

しゃっ。

抜きつけの一刀を放った。

清太郎の体がぐらりと揺らぐ。刀刃が星明かりを受けてさらに一閃きらりと光った。下からの逆袈裟である。左脇腹から右肩口にかけて深い刀傷が奔った。

醤油樽（しょうゆだる）の栓（せん）をぬいたように、すごい勢いで血が噴出する。たちまち足元に血溜まりができた。その血溜まりにバシャッと音を立てて清太郎は倒れた。

武士が刀身の血をふり払って鞘に納め、大きく息を吐いた。

狭山新之助である。両肩がかすかにふるえている。はじめて人を斬った興奮と恐怖感。足がすくんでしばらく動けなかった。

闇の奥にポツンと提灯の明かりが浮かんだ。夜回りの番太郎だろうか。それを見て新之助はようやく我にかえり、ひらりと翻身して走り去った。

じりっ……。

燭台の灯（ひ）がかすかに揺れた。

手が伸びて、その灯に書状をかざす。めらめらと燃え上がり、書状は小さな灰となって畳の上に散った。にんまりほくそ笑んでそれを見ているのは、日根野三右衛門である。

燃えた書状は、倉橋与四郎から取りもどした抜け荷の荷受け状だった。

文机に散った灰のかけらを手ではらいながら、日根野は冷めた茶をすすり上げた。

松前藩江戸藩邸内、留守居役の役屋敷の一室である。この役屋敷は別棟になっていて、表向の殿舎とは渡り廊下でつながっている。

（遅い……）

苛立つように日根野は膝を揺すった。

つい先ほど菊乃の後釜の腰元を手配するように、配下の者に頼んでおいたのだが、半刻（一時間）たってもまだその腰元が姿を現さないのだ。

苛立ちながらも、どんな女がくるのだろうかと、日根野は内心楽しみにしていた。

日根野は、妻子を国元において三年前に江戸に出てきた。現代ふうにいえば単身赴任である。今年五十二歳。まだまだ精力はおとろえていない。そのはけ口をもっぱら深川の茶屋女や吉原の遊女に求めてきたのだが、藩邸内での地位が固まるにつれ、外に出るのが面倒になってきた。

大名家の腰元は、江戸城の奥女中のように、その出自や家柄によってさまざまな階級に分かれている。出自の低い女は重臣の側妾として召し上げられることもあった。

（そろそろ、わしも側妾を持つか……）

日根野がそんな気になったのは、菊乃が失踪してからである。菊乃は見目のよい利発な娘だったが、歳が若すぎたし、能瀬伊織という許嫁もいた。できれば今度の腰元は菊乃より三つ四つ年上で、奔放な女がいい。

ぼんやりそんなことを考えていると、ふいに渡り廊下に足音がひびいた。

（来たか）

首をめぐらせて廊下の障子を見た。女の影が映っている。

「遅くなりました」

障子の外で声がした。

「入れ」

というと、障子が開いて、腰元がためらうように入ってきた。歳のころは二十二、三。器量は十人並みだが、胸と腰がはち切れんばかりに張っている。男心をそそる体つきだ。

「お初にお目もじいたします。深雪と申します」

腰元が両手をついて頭を下げた。日根野がねぶるような視線を送りながら、

「歳は？」

と訊いた。

「二十二です」

「親はいるのか」

「はい。父は御当家で中間をつとめる茂兵衛と申すものでございます。母は二年前に病で亡くなりました」

「立ちなさい」

「はい」

いわれるまま、深雪は素直に立ち上がった。

「着物を脱げ」

「え」

唐突にいわれて、深雪は当惑した。おろおろと眼を泳がせている。

「わしのいうとおりにすれば、悪いようにはせん」

「……………」

「父親の処遇も考えてやろう。親孝行のつもりでわしに仕えるがいい」

深雪は逡巡している。

「さ、早く」

「はい」

小さくうなずいて、観念したように帯を解きはじめた。矢絣の着物がはらりと足元に落ちる。その下は眼にもあざやかな緋縮緬の長襦袢である。深雪はそれも脱いだ。白い豊満な乳房があらわになる。下半身は緋色の二布一枚である。

「腰の物も取りなさい」

さすがに深雪はためらった。羞恥で白い肌が桜色に染まっている。

「恥ずかしがることはない。ここにいるのはわしとおまえだけだ。さ、取りなさい」

日根野にうながされるまま、深雪は腰紐を解いて二布をはずした。肉づきのいい下半身がむき出しになる。股間に意外なほど濃い秘毛が茂っていた。

日根野は燭台の明かりを深雪の裸身に近づけ、ねぶるような眼で深雪の体のすみずみをながめ回した。そして、ゆっくり深雪の背後にまわり込み、細いうなじに唇を這わせながら両手を胸にまわし、豊満な乳房をわしづかみにすると、やんわり揉みしだいた。

「あ、ああ……」

絶え入るような声が深雪の口から洩れた。乳首が立ってくる。指先でそれをつまみ、ころころと愛撫する。梅の実のように固くなってくる。

「こっちへきなさい」

日根野が深雪の手を取って文机の前に立たせ、片方の足を抱えて文机の上に乗せる。片足を上げた恰好になり、股間が丸見えになる。日根野はその前にひざまずき、下から深雪の股間をのぞき見た。密生した秘毛の奥に薄紅色の切れ込みが見える。

「あっ」

深雪が体をくねらせた。日根野の指が壺に入ったのだ。肉襞が熱い。指をゆっくり回す。壁がかすかにふるえている。指を出し入れするたびに、肉襞が収縮する。ほどなく壺の中がじわっとうるんできた。

指を抜いて、日根野は立ち上がり、手早く衣服を脱いだ。深雪は文机に片足をかけたままじっと眼を伏せている。日根野も全裸になった。歳のわりに引き締まった体をしている。

「座りなさい」

「はい」

いわれるまま深雪は畳の上に正座した。

その前に日根野が立ちはだかる。深雪の眼前に一物がぶら下がっている。日根野はそれをつまんで深雪の口に押し当てた。深雪がそれをしゃぶる。二十二といえば女盛りである。男が悦ぶツボを知っていてもふしぎはない。喉の奥までそれを飲み込み、唇をすぼめて出し入れする。

「う、ううっ」

日根野がうめく。峻烈な快感が背筋をつらぬいた。

「い、いかん！」

炸裂寸前に腰を引いた。一物がつるんと抜ける。放出を止めるために根元をぎゅっとつかんだ。尖端が深雪の唾液でぬめぬめと光っている。

肩で大きく息をつきながら、日根野は文机に腰をおろし、

「立て」

といった。

命じられるまま立ち上がり、深雪は日根野に体を向けた。その手を引き寄せて膝の上に座らせる。抱き合うような恰好になる。日根野の屹立した一物が深雪の壺に埋没してゆく。両手で尻を抱え込み、上下に揺する。

「あっ、ああ……」

激しく尻をふりながら、深雪は弓のように上体をのけぞらせた。豊満な乳房がたわわに揺れている。日根野がむさぼるようにそれを口にふくむ。

そのとき、庭でかすかな物音がしたが、むろん二人の耳には聞こえていない。

渡り廊下のわきの黒文字垣の陰に、人影がひそんでいた。

黒装束の森田勘兵衛である。顔を黒布でおおい、眼だけが獲物をねらう猟犬のようにするどく光っている。その視線の先には、障子に映る日根野と深雪の影があった。

しばらくして、二つの影の動きがぴたりと止まり、崩れるように障子の下の闇に沈んでいった。じっと眼をこらして見ていると、ほどなく影の一つがよろめくように立ち上がり、着物を着はじめた。深雪の影である。

待つこと数瞬……、

からりと障子が開いて、深雪が出てきた。乱れた髪を片手で撫でつけながら、足早に渡り廊下を渡って殿舎の奥に消えていった。それを見届けると、勘兵衛は脇差の鯉口を切って立ち上がり、草鞋(わらじ)のまま濡れ縁に上がった。そっと障子に手をかけて細めに引き開ける。

全裸の日根野が畳の上に大の字になって寝ている。まだ情事の余韻が覚めないのだろう。弛緩(しかん)したまま、うつろな眼で天井を見つめている。

がらっ、と障子を引き開けて、部屋の中に踏み込んだ。

「だ、誰だ！」

日根野がはね起きるのと、勘兵衛が畳を蹴って躍りかかるのが、ほとんど同時だった。

しゃっ。

鞘走った刀が、燭台の明かりを受けて、一閃の銀光を放った。

ぶざまにも、日根野は全裸のまま四つん這いになって、必死に刀架けの大刀に手を伸ばそうとしている。おのれの脇腹から血まみれの臓腑が垂れ下がっていることに、日根野はまったく気づいていない。刀架けの手前で力がつき、ごろっと仰向けに転がった。

「な、なんじゃ。これは……」

ようやく腹が裂かれていることに気づいた。勘兵衛は無言のまま、脇差の柄を逆手に持ち替えて、倒れている日根野の前に立った。

「た、助け……」

最後までいい終わらぬうちに、逆手に持った勘兵衛の脇差が、日根野の胸板をつらぬいていた。肋骨(あばら)を砕く感触が手に伝わる。切っ先は心の臓をつらぬいて畳に突き刺さった。

片足を日根野の腰にかけて脇差を引き抜き、血ぶりをして鞘に納めると、勘兵衛は血まみれの死骸に冷やかな一瞥をくれて、ゆったり背を返した。

3

深川門前仲町のにぎわいは、夜が更けても一向におとろえを見せない。

あちこちで弦歌が鳴りひびき、女たちの嬌声や嫖客(ひょうかく)の哄笑(こうしょう)、戯(ざ)れ声がわき立ち、さながら祭りのような喧騒が渦巻いている。

雑踏の中を、口に楊枝をくわえ、ふところ手で歩いてゆく岩田源十郎の姿があった。

「ふふふ……」

源十郎の口からふくみ笑いが洩れた。欲情を放出したあとのしびれるような快感が、まだ下腹部に残っている。ひさしぶりに二度も放出した。それほど具合のいい女だったし、閨技も絶妙だった。いわゆる床上手である。放出したというより、むしろ女に精を吸い取られたような気がする。

（武蔵屋から百両をせびり取ったら、またあの女を抱いてやるか）

女の白い裸身を思い浮かべながら、源十郎は盛り場の雑踏を抜けた。

富ケ岡八幡宮の門前を通りすぎて、三十三間堂の前までくると、急にあたりが暗くなり、人通りも途絶えた。ひっそりと戸を閉ざした家並みを、星明かりが青々と照らし出している。

汐見橋の西詰にさしかかったところで、源十郎はふと足を止めて闇に眼をこらした。

橋の中央に人影が立っている。

不審に思いつつ、源十郎は橋を渡りはじめた。人影は行く手をふさぐように立ちはだかったまま、微動だにしない。侍である。手に黒革の手甲をつけ、野袴をはいている。しかも、夜だというのに塗笠をかぶっている。尋常ではなかった。

「わしに何か用か？」

足を止めて、源十郎が訊いた。

「武蔵屋に雇われた用心棒というのは、貴様か」

侍が逆に聞き返した。兵庫の声である。

岩田源十郎が門前仲町の『清華楼』にいると新之助から聞いて、四半刻ほど前から
ここで待ち受けていたのである。源十郎の人相風体も聞いていた。この浪人に間違い
ないだろう。

「聞いているのはわしだ。用件をいってくれ」

「倉橋与四郎、能瀬伊織……」

「あ」

となって、源十郎は一歩下がった。

「その二人の名に心当たりがあるだろう」

「貴様、何者だ」

「それを訊いてどうする？　死んでしまったら何の役にも立つまい」

「なにッ」

源十郎が刀の柄に手をかけた。兵庫は立ちはだかったまま、両手をだらりと下げて
いる。

「その構えでわしが斬れると思うか」

「やってみなければわからん」

「いいだろう。死ぬのは貴様のほうだ」

源十郎が刀を抜いた。抜いたからには腕に覚えがあるのだろう。正眼に構えて刀尖を兵庫の胸につけた。

それでも兵庫は動こうとしない。後の先を取るつもりなのか。

源十郎はしきりに足をすっている。間合いはおよそ一間。一歩踏み込めば楽に打ち込める距離である。だが、源十郎は打ち込んでこない。いや、打ち込めない。兵庫が後の先を取るのがわかっているからだ。

少時、無言の対峙がつづいた。

じれたように源十郎が足をすって右に動いた。これは誘いである。むろん、兵庫は見抜いていた。右に誘って左から打ってくるつもりだろう。

兵庫は源十郎の動きに合わせて右足を踏み出した。わざと誘いに乗ったのだ。源十郎にはそれが読めていない。自分の動きにつられたと思ったのか。案の定、右から打つと見せかけて、すぐさま左に跳び、ためらわず大きく踏み込んで袈裟に斬り下ろした。

刀刃が笛のような音を発して一閃した。が、そこに兵庫の姿はなかった。

切っ先が空を切り、源十郎の上体が前に泳いだ。

背中に焼けるような痛みが奔り、おのれの体が不自然な形でよじれていくのを覚えた。必死に踏み止まったが、勝手に体がよじれてゆく。半回転して仰向けに倒れた。

倒れながら、そこに兵庫の姿を見た。

刀をだらりと下げたまま、無言で立っている。

その姿を見てはじめて、源十郎はおのれの背骨が断ち切られていることに気づいた。

急速に意識が薄れ、兵庫の姿がぼやけていった。


兵庫は『武蔵屋』の裏路地に立っていた。

なまこ塀の高さを眼で測ると、膝を屈して反動をつけ、高々と跳躍した。

右手が塀の上にかかった、と見るや一瞬裡に兵庫の姿は塀の内側に消えていった。

とん。

と下り立つ。そこは葉を茂らせた山茶花(さざんか)の木陰である。手入れの行き届いた植え込みの向こうに枯山水の庭が見える。さらにその奥には二階建ての母屋が見えた。雨戸が閉ざされ、ひっそりと寝静まっている。

枯山水の庭を横切って、母屋にしのび寄った。

刀の鞘(さや)の栗形(くりがた)から笄(こうがい)を引きぬいて、尖端を雨戸の敷居にさし込み、梃子(てこ)の要領で雨戸をこじ上げる。かすかな音を立てて雨戸が外れた。

草鞋ばきのまま廊下に上がり、足音を消して奥に進む。家の中の様子は、森田勘兵衛と狭山新之助の張り込みと探索で、ほぼわかっていた。

久兵衛の寝間は母屋の東はずれにある。五年前に女房と死に別れ、それ以来、後妻もとらずやもめ暮らしをしているという。女より金儲けが生き甲斐の男なのだ。

中廊下の奥の部屋の障子にほんのり明かりがにじんでいる。有明行燈（常夜灯）の明かりであろう。兵庫は足音をしのばせてその部屋の前に立った。

そっと障子を引き開ける。奥の蒲団で久兵衛が寝息を立てている。枕辺におかれた丸行燈が淡い明かりを散らしている。

この時代、燈油は貴重品だった。安物の魚油でも一合二十文、上等の種油は倍の四十文もした。だから一般庶民は行燈をつけたまま寝ることはない。金持ちだけが用心のために有明行燈をつけて寝るのである。

刀を抜いて枕元に歩み寄った。

久兵衛は口を半開きにあけて、いぎたなく眠り込んでいる。

屈み込んでその顔をじっと見下ろした。金で魂を売った男である。この男の欲望のために罪のない人間が何人死んでいったか。

兵庫の脳裏に卒然と香取辰之介とお美代の顔がよぎった。二人の顔に、昨夕、庭の片すみで見た光景が重なった。蜘蛛の巣にかかってあがき苦しんでいる一羽の白い蝶である。その蝶は黒蜘蛛の餌食になって死んでいった。

久兵衛の顔が醜怪な黒蜘蛛に見えてきた。あらためて怒りが込み上げてくる。

刀刃を久兵衛の喉元に押し当てた。久兵衛がぽかんと眼を開けた。顔前に黒影が迫っているのに気づき、

「だ、誰だ」

と声をあげた。

「静かにしろ」

兵庫が口に手を当てた。久兵衛の眼が動いた。頸に刀刃が当てられているのを見て、とたんにがくがくと歯を鳴らしはじめた。体が激しくふるえている。

「か、金が欲しいのか」

それには応えず、兵庫は両手を刀の峰に添えてゆっくり押し込んだ。

「か、金ならいくらでも出す。命だけは……」

そこでぷつんと言葉が切れた。刃先が喉に食い込んでいる。

久兵衛は必死に何かいおうとしている。だが、喉の気管が裂かれて声が出ない。

「死ね」

刀刃をさらに押し込んだ。ぶつっと血管(ちくだ)が切れて血が噴き出す。

兵庫は腰を浮かせ、刀の峰に全体重をかけてさらに強く押し込んだ。刃先が頸骨(けいこつ)に当たり、ぎりぎりと音を立てる。

久兵衛は白眼をむいて絶命した。心の臓が止まっても、噴き出す血の勢いは止まらない。丸行燈の笠に血飛沫(ちしぶき)が降りかかり、明かりまでが血の色に染まった。枕辺も一面血の海である。

兵庫の顔面も血に染まっている。鬼のような形相で刀刃を押し込んだ。やがて鈍い音がして首の骨が断ち切られ、久兵衛の首がごろんと枕から転がり落ちた。

兵庫は刀の血脂を蒲団でぬぐい取って鞘に納めると、久兵衛の首を抱えて立ち上がり、次の間の襖を引き開けた。八畳ほどの部屋である。正面の違い棚に、久兵衛が金に飽かして買い集めた高価な骨董品が陳列されている。

その棚の一角に久兵衛の生首をおいて、兵庫はひらりと身をひるがえした。

4

一夜明けて、江戸に激震が走った。

江戸屈指の材木商・武蔵屋久兵衛が殺されたのである。しかも、殺され方が尋常ではなかった。猟奇(りょうき)殺人である。その上、息子の清太郎までが何者かに斬殺されたとあって、憶測が憶測を呼び、江戸中がその話題で沸騰していた。

瓦版屋はここぞとばかり、あることないことを書きつらねて人々の好奇心をあおり立てた。一枚摺で二十文。それが飛ぶように売れた。瓦版売りのまわりには人垣が絶えなかった。

「親分、えらいことですぜ」

と、飛び込んできたのは、かつて以蔵の下で働いていた下っ引の松吉である。いまは手先稼業から足を洗って堅気の佐官職人になっている。その松吉の長屋に、以蔵は昨夜から転がり込んでいたのである。

「どうした?」

「これを見ておくんなさい」

松吉が差し出したのは、武蔵屋殺しを大々的に報じた瓦版だった。

「へえ。……武蔵屋のあるじがな」

以蔵はとぼけ顔でつぶやいた。

瓦版には、一夜のうちに深川で三人の男が殺されたと記されている。その三人とは久兵衛と清太郎と岩田源十郎である。以蔵は、岩田という名には心当たりがなかった。武蔵屋が雇った用心棒だとすれば、以蔵の長屋に踏み込んできた浪人どもの一人かもしれない。

「手口から見て物盗りの仕業じゃありやせんね」

と松吉がいう。すっかり下っ引の口調になっている。以蔵は思わず苦笑して、

「じゃ、下手人の目当ては何だ？」

と訊くと、松吉は得たりとばかり、

「怨みですよ。武蔵屋はかなり阿漕(あこぎ)な商売をしてたそうですから」

「怨み、か……」

以蔵が腕を組んで考え込んだ。

「親分はどう思いやす？」

「厄介な事件だな。たぶん下手人は挙がらねえだろう」

「なぜ、そう思うんで？」

「べつに理由はねえ。何となくそんな気がしただけだ。それより松吉」

と、立ち上がって、

「おれは下谷の長屋にもどることにしたぜ」

「え、もう帰っちまうんですかい？」

「いつまでも長屋を空(あ)けておくわけにはいかねえからな」

「あっしに気を遣ってくれてるんじゃねえでしょうね」

「気なんか遣っちゃいねえさ」

松吉は気のいい男である。事情も話さず、ただ一晩だけ泊めてくれといっただけで、こころよく以蔵を受け入れてくれた。もっとも若いころは以蔵も松吉の面倒をよく見てやった。持ちつ持たれつといったところだろう。

「これはほんの気持ちだ。とっときな」

松吉に小粒を手渡して、以蔵は長屋を出ていった。


下谷新黒門町の長屋にもどると、ここでも長屋のかみさんたちが集まって、事件のうわさ話に花を咲かせていた。以蔵が前を通っても眼もくれない。

以蔵の家は長屋路地のいちばん奥まったところにある。

障子戸を引き開けて中に入った瞬間、以蔵の顔に緊張が奔った。三和土に女物の草履が脱いであり、奥の六畳間で物音がする。

「誰かいるのか」

と用心深く声をかけると、奥から若い女が出てきた。以蔵は思わず息を飲んだ。

「菊乃さん！」

「勝手にお邪魔して申しわけありません」

菊乃が頭を下げた。着物のたもとをたくし上げ、赤いたすきを掛けている。

奥の部屋に眼をやると、敷きっぱなしにしいた蒲団がきれいに畳んであった。留守

中に部屋の掃除をしていたらしい。以蔵は狐につままれたような顔で部屋に上がり、

「いってえ、どういうことなんだい？　これは」

と訊いた。

「昨夜の事件のこと、乾さまから聞きました」

「兵庫の旦那から？」

菊乃の話によると、半刻（一時間）ほど前に兵庫が『如月』を訪ねてきて、昨夜の事件の一部始終を打ち明けたという。

「そして、乾さまはこう申されました。もう安心だから屋敷にもどれと……、でも、わたしは……、もう二度とあのお屋敷にもどるつもりはありません」

「ほかに行く当てでもあるのかい」

「いいえ」

「じゃ、屋敷にもどるしかねえだろう」

「お願いです。わたしをここにおいてください」

「えっ」

「以蔵さんのおかみさんにしてください」

「ま、まさか」

以蔵は激しく狼狽（ろうばい）した。柄（がら）にもなく顔を赤らめ、おろおろと視線を泳がせた。

「じょ、冗談いっちゃいけねえ。おれの歳を知ってるのかい。五十だぜ、五十。親子ほど歳の離れたおれとあんたが……」

「冗談ではありません」

真剣な眼差し（まなざし）で、菊乃が見返した。澄んだ眸（め）がきらきらと光っている。

「わたしは本気です。以蔵さんはわたしの命を拾ってくださいました。ですから、わたしは以蔵さんのものなのです」

「ちょ、ちょっと待ちなよ」

手を振りながら、以蔵は腰を落とした。糸玉がもつれたように頭の中が混乱している。しばらく思案したあと、意を決するようにうなずいて、

「身寄りのねえあんたをむげに追い出すわけにはいかねえからな。ま、気がすむまでここにいるがいいさ」

「では……」

菊乃の顔が耀（かがや）いた。

「許して下さるんですね」

「ただし、おれの女房ってわけにはいかねえぜ。ただの居候だ。それでよかったらおいてやろう」

「ありがとうございます」

以蔵の前に両手をついて頭を下げた。白いうなじがやけにまぶしい。眼のやり場に困って、以蔵は顔をそむけた。何となく嬉しいような、困ったような複雑な表情である。

「菊乃さん、無事にお屋敷に着いたかしら」

お峰が樽の酒を徳利にそそぎながらつぶやいた。

奥の小座敷で兵庫が猪口を傾けている。小料理屋『如月』の店内である。

陽はまだ高い。八ツ（午後二時）を過ぎたばかりである。

「あれからもう半刻たっている。もうとっくに着いただろう」

兵庫が応えた。お峰が徳利を持って小座敷に上がってくる。

「素直ないい娘でしたよ。それに美人だし……。できればずっとうちで働いてもらいたかったんですけどねえ」

「武家の娘にこの商売はつとまらんさ」

「わたしだって、もとは武家の出なんですよ」

「そうだったな」

笑いながら、お峰の猪口に酒をついだ。お峰はその酒を口にふくんで、

「ご返杯」

いきなり兵庫の口に唇を重ねて、口移しに酒を流し込んだ。兵庫はそれをごくりと飲み込むと、口を吸い合ったままお峰の体を横たわらせた。裳裾(もすそ)がはらりと開いて白い太股(ふともも)があらわになる。むさぼるように口を吸いながら、兵庫はお峰の内股に手をすべり込ませた。つややかで張りのある肌である。その感触を楽しむようにゆっくり撫でまわす。

「……兵庫さま」

「何だ」

「脱がせて」

うるんだ眼で、お峰が甘えるようにいう。

「そろそろ喜平がくるんじゃないのか?」

「ううん、まだ……」

お峰がかぶりを振った。板前の喜平が店に現れるのは、七ツ(午後四時)ごろである。時間はたっぷりあるのだが、兵庫はそれが気になるらしく、

「脱がずともよい」

といって、上体を起こすと、お峰の両膝を立たせて、腰の物をめくり上げた。下半身がむき出しになる。兵庫の右手が股間に伸びた。そっと恥丘を撫でおろす。指先が秘毛の下のはざまに触れた。小さな突起がある。肉の芽である。それを指でこねまわわ

す。

「あっ、ああ……、いい」

お峰が顔を振って悶える。

「ここはどうだ？」

「あ、あっ、そこも……、いい」

兵庫の指が切れ込みに添って上下に動く。しだいに潤んでくる。肉襞がかすかにふるえている。壺に指を入れる。きゅっと締まった。ほどよい締まり具合である。

「お願い。兵庫さまも……」

お峰が催促する。

「うむ」

と、うなずいて指を引き抜き、袴の紐をほどいて、下帯をはずした。すでに兵庫の一物は隆々とそり返っている。尖端をはざまに押し当て、切れ込みに添って撫で上げる。上から下へ、下から上へ、二、三度尖端を撫でつけておいて、ずぶりと挿し込んだ。

「ああーッ」

と、声をあげて、お峰がのけぞったとき、突然、
トン、トン、トン……。

格子戸を叩く者がいた。

兵庫は反射的に一物を引き抜いて、はじけるように立ち上がった。手早く下帯をつけ、袴をはく。お峰も不機嫌そうに立ち上がり、乱れた着物を直しながら、

「誰かしら?」

と、小座敷を下りて戸口に歩み寄った。格子戸には心張棒がかかっている。

「どなたさま?」

「森田です」

勘兵衛の声である。

「あ、はい……、ただいま」

鬢(びん)のほつれ毛を手で撫でつけながら、お峰はあわてて心張棒をはずし、戸を引き開けた。勘兵衛が気まずそうな顔で立っている。

「兵庫はきてますか」

「ええ」

と、お峰が奥に眼を向ける。兵庫が何食わぬ顔で出てきた。

「何か用ですか」

「ああ、ちょっとな」

勘兵衛が顎をしゃくって外にうながした。兵庫はちらっとお峰を振り向いて、

「あとで出直してくる」

小声でそういうと、小走りに勘兵衛のあとを追った。立ち去る二人の姿を恨めしげな眼で見送り、お峰はピシャリと格子戸を閉めた。

5

「また一つ、仕事が入ったのだ」

歩きながら、勘兵衛が苦い顔でいった。

「急ぎの仕事ですか」

訊いてから、兵庫は愚問だと思った。急いでいるから勘兵衛がわざわざ『如月』に出向いてきたのである。

「松前藩の次席家老・篠山蔵人が松前を発って江戸に向かっているという情報が、つい先ほど、江戸家老の奥山どのから酒井石見守さまのもとに届いたそうだ。江戸留守居役の日根野三右衛門と次の抜け荷の打ち合わせをするのが目的らしい。むろん、篠山は日根野が殺されたことをまだ知らん」

「で……？」

「当初、石見守どのは篠山の処断を松前藩に任せるつもりだったが、いま申したとおり、篠山はすでに松前を発っている。それで急遽わしらにその仕事が回ってきたのだ」

「篠山を始末しろと？」

「うむ。この仕事が最後の仕上げになる」

「それにしても」

兵庫は釈然とせぬ面持ちで、

「たかが一万石の大名家の内紛に、なぜそれほどまで……？」

「松前藩をつぶさぬためだ」

「松前藩がつぶれると幕府にとって何か不都合なことでも？」

「幕府というより、困るのはご老中・田沼さまだ」

田沼意次の蝦夷地開発計画には、事実上、蝦夷を統治している松前藩の存在が不可欠なのである。その松前藩がロシアとの抜け荷の一件で改易になるようなことがあれば、田沼意次の開発計画も頓挫する。

「長い間、松前藩の内部では権力抗争がつづいてきたからな。このさい篠山一派を一掃して松前藩の藩政刷新を図り、田沼さまの蝦夷開発計画を遺漏なく進める、というのが石見守さまの目論見なのだ」

「そのために鳥見役に汚れ役を押しつけたってわけですか」

兵庫が皮肉に笑った。

「毒は毒をもって制す、と申すからな」

「いつ殺るんですか」

　思い直すように兵庫が訊いた。

「今日だ。一行は六ツ（午後六時）ごろ江戸に入る。篠山のほかに供は三人。二人でやれば造作もなかろう」


　兵庫と勘兵衛はいったん千駄木の組屋敷にもどり、身支度をととのえて七ツ半（午後五時）ごろ、ふたたび組屋敷を出た。

　行き先は浅草聖天下である。花川戸から北東に延びる道が、聖天下で二つに岐れている。右は浅草今戸町、左は千住宿につづく奥州街道である。その分岐点の銀杏の巨木の陰で、二人は篠山一行を待ち受けることにした。

　すでに陽は西の端に没している。

　往来の人影も途絶えて、あたりに淡い夕闇がただよいはじめた。

　大川から風が吹きわたってくる。湿気をふくんだ生あたたかい風である。銀杏の葉がざわざわと騒ぎはじめた。勘兵衛が眉をひそめて空を仰ぎ見た。黒雲が急速に流れてゆく。

「一雨きそうだな」

勘兵衛は老練の鳥見役である。風の匂いや雲の流れで気象をぴたりといい当てることができる。それを聞いて、兵庫が足元の砂を両手ですくい、たもとに入れはじめた。

「何をしている？」

「すべり止めです」

雨に濡れると刀の柄がすべる。砂はそのための備えである。

「なるほど」

と、うなずいて、勘兵衛も砂をたもとに流し込んだ。

浅草弁天山の時の鐘が六ツを告げはじめたとき、ぽつりぽつりと雨が落ちてきた。

勘兵衛の読みが的中である。と、そのとき、

「勘兵衛どの」

兵庫が小さく叫んだ。闇の奥に四つの人影が浮かび立ったのである。

勘兵衛の眼がきらりと光った。

「あれだな」

四つの影が十間先に迫っていた。いずれも網代笠（あじろがさ）をかぶった旅装の武士である。

「よし」

と勘兵衛が歩を踏み出した。兵庫もすかさずあとにつく。二人は横に並んで街道の真ん中に立ちふさがった。四人の武士が足を止めて刀の柄に手をかけた。

「松前藩次席家老・篠山蔵人どのとお見受けしたが」

勘兵衛が野太い声を発した。

「おぬしたちは？」

武士の一人が問い返した。

「ゆえあって篠山どのの命をもらいにきた」

勘兵衛が刀を抜きはらった。

「お、おのれ。狼藉者（ろうぜきもの）！」

叫ぶや、三人の武士がいっせいに抜刀し、小柄な武士を取り囲むようにして身構えた。どうやらその小柄な武士が次席家老の篠山蔵人らしい。

「兵庫、右だ」

「承知」

抜刀して右に跳んだ。同時に三人が猛然と斬り込んできた。思いのほか三人とも太刀筋がするどい。腕の立つ者を選んできたのだろう。兵庫の一閃はみごとにはね返された。

一進一退の攻防がつづく。

雨が降ってきた。糸を引くような雨である。

柄をにぎる手がすべった。兵庫はたもとに手を入れてすべり止めの砂を手につけた。

その手でしっかり柄をにぎり直して斬り込む。

一人の武士がそれを受けた。が、柄を持つ手がすべって刀刃がクルッと横を向いた。すかさず兵庫は手首を返して相手の刀を巻き上げ、そのまま下から逆袈裟に斬り上げた。

武士の右手が刀をにぎったまま肩の付け根から截断(せつだん)され、高々と宙に舞った。

その間に勘兵衛も一人の武士を拝み討ちに斬り倒している。

残る一人が篠山をかばって後ずさった。勘兵衛が刀を正眼に構えて二人に迫る。供の武士が勘兵衛に気をとられている隙に、兵庫は二人の背後に走り込んだ。

「そうか、貴様ら倉橋の仲間だな！」

わめきながら篠山も抜刀した。

「倉橋与四郎は死んだぜ」

兵庫がいった。

「なに」

「倉橋だけじゃねえ。江戸留守居役の日根野、横目頭の兵藤、善玉悪玉、みんな死んじまった」

「日根野が……、死んだ？」

篠山の声がうわずった。

「残るのは、貴様だけだ」

「お、おのれ！」

篠山の一刀が飛んできた。兵庫は体を開いて切っ先をかわし、下から刀身をはね上げた。

キーン。

鏘然と鋼の音がひびき、篠山の刀が兵庫の頭を越えて飛んでいった。護衛の武士が思わず振り返った。その一瞬の隙に、勘兵衛が武士の腹を横に薙いでいた。

「わッ」

叫んで、武士は仰向けに転がった。ばしゃっと泥水がはね上がる。

刀を失っておろおろと逃げまどう篠山の背中に、兵庫が叩きつけるような一刀を浴びせた。背中が真っ二つに割れた。白い背骨がのぞいている。篠山は声もなく前のめりに崩れ落ちた。割れた背中から音を立てて血が噴き出す。降りしきる雨がその血を洗い流していった。

兵庫も勘兵衛も全身ずぶ濡れである。

刀の雨滴を振りはらって鞘に納めると、二人は無言で歩き出した。

雨はあいかわらず降りつづいている。

花川戸にさしかかったところで、兵庫がふと足を止めて前方を見た。

雨すだれの奥に小さな明かりがにじんでいる。居酒屋の提灯の灯りである。

「勘兵衛どの」

「何だ」

「あの店で一杯やって行きましょうか」

「わしは一人のほうがいいな」

「え」

「おぬしは『如月』に行け。お峰さんが待ってるぞ」

「勘兵衛どの」

「さ、早く」

「はい。……では」

と背を向けて、兵庫は足早に立ち去った。

そのうしろ姿が降りしきる雨の向こうに消えて行くのを見届けると、勘兵衛は居酒屋の灯りに向かってゆっくり歩をふみ出した。

雨は、やや小降りになっている。

本書は、二〇〇二年六月、幻冬舎文庫から刊行された『讐鬼の剣　鳥見役影御用二』を改題し、加筆・修正し、文庫化したものです。

文芸社文庫

復仇の剣　鳥見役影御用

二〇一八年十二月十五日　初版第一刷発行

著　者　黒崎裕一郎
発行者　瓜谷綱延
発行所　株式会社　文芸社
〒一六〇－〇〇二二
東京都新宿区新宿一－一〇－一
電話　〇三－五三六九－三〇六〇（代表）
〇三－五三六九－二二九九（販売）
印刷所　図書印刷株式会社
装幀者　三村淳

ISBN978-4-286-20471-0